Peter Lerangis

WATCHERS
Im Nebel verschollen

Aus dem Englischen von
Johanna Ellsworth

CARLSEN

Deutsche Erstausgabe
Veröffentlicht im Carlsen Verlag
November 2002

Originaltitel: »Watchers Island«
Dieses Werk wurde vermittelt durch die
Literarische Agentur Thomas Schlück GmbH, 30827 Garbsen

Umschlagbilder: Jan Köpke
Umschlaggestaltung: Doris K. Künster / Britta Lembke
Corporate Design Taschenbuch: Dörte Dosse
Lektorat: Inga Dwenger
Satz: H & G Herstellung, Hamburg
Druck und Bindung: Elsnerdruck, Berlin
ISBN 3-551-35226-7
Printed in Germany

Vorwort

15. Juli

Er blinzelt.
Hundert Augen starren ihn an. Schwarz umränderte, glühende Augen.
Die kleine Muschel schnappt zu. Die Augen verschwinden.
Er erkennt sie wieder. Es ist eine Kamm-Muschel. Sie ist essbar.
Er setzt sich im nassen Sand auf.
Er ist allein. Die Sonne ist zwar schon aufgegangen, doch ihm ist kalt.
Vorsichtig hebt er die Muschel auf und wirft sie ins Wasser.
Sie muss zurück.
Anders als er.
Er wird nie mehr zurückkehren.
Er schaut hinaus über die Bucht, bis an die weiße Wolkenwand, die wie dicke Watte am Horizont hängt.
Ihm bleibt weniger als ein Tag. Der Preis für seine Flucht muss bezahlt werden.
Als er Stimmen hört, springt er erschrocken hoch.
Zwischen den Dünen tauchen zwei Fremde auf.
Sie winken ihm zu und gehen weiter ohne stehen zu bleiben.

Unwillkürlich muss er grinsen.
Er weiß, was er getan hat und dass seine Tage von nun an gezählt sind.
Und darüber ist er sehr, sehr glücklich.
Er steckt seine Hand in die Hosentasche, holt ein Taschenmesser heraus und klappt es auf. Die Klinge, von Sand, Seetang und Salz verkrustet, knackt beim Öffnen.
Am Rand des Strandes, in der Nähe des Parkplatzes hinter den Dünen, entdeckt er einen halbhohen Metallkasten mit einer durchsichtigen Plastikklappe. Darauf steht NESCONSET TAGESSPIEGEL – KOSTENLOS. *Er geht hin und legt das Messer auf den Kasten, damit es in der Sonne trocknen kann.*
Dann macht er die Klappe auf und nimmt eine Zeitung heraus.
Er wirft einen Blick auf das Datum.
Sein Herz rast, während er die Titelseite überfliegt. Die Bilder und der Rhythmus der Worte wirken so unwirklich und fremd.
Plötzlich sieht er eine Schlagzeile in der Lokalkolumne:

Zum
75. Geburtstag von
Clemson Childers III
Gala im Jachtclub von Nesconset

Er sieht nach links. Dort steht ein großes graues Gebäude gleich hinter dem Strand. Über der Eingangstür hängt ein Wappen. Im Fenster klebt ein Schild:

Ab sofort Aushilfe gesucht
Keinerlei Berufserfahrung erforderlich

Ein Auto hält vor dem Gebäude.
Er sieht, wie eine Gestalt aussteigt. Der Mann klimpert mit einem Schlüsselbund und geht auf die Tür zu.
Er weiß jetzt, was er zu tun hat.
Er nimmt das Messer und geht auf den Mann zu.

Weiß er, was er da tut?

Anscheinend.

Wissen wir es?

WATCHERS

Aktenzeichen: 7003

Name: Rachel Childers

Alter: 13

Erste Kontaktaufnahme: 58.65.07

Aufnahme:

1

Er starrte mich dauernd an.
Na ja, nicht die ganze Zeit.
Aber immer wenn ich ihn ansah, trafen sich unsere Blicke.
Es war nicht so wie in dem alten Spielfilm *Doktor Schiwago*. Ihr wisst schon, als das Mädchen und der Typ sich in einer überfüllten Straßenbahn sahen und – *zzzzt* – die Kabel über ihnen Funken sprühten. Das ist eine echt coole Filmszene.
Aber das hier war unheimlich.
Er war unheimlich.
Warum, war mir nicht ganz klar.
Er schlich nicht auf leisen Sohlen herum und er sabberte auch nicht. Er hatte keine tief liegenden Augen, keine eingefallenen Wangen und auch keine bleiche Haut.
Der Junge war gebräunt und wirkte gesund. Er hatte einen pechschwarzen Pferdeschwanz, der sich durch die Luftfeuchtigkeit und das Salzwasser kräuselte. Er trug eine dunkelblaue Hose und ein weißes Hemd. Genauso wie alle anderen Aushilfskellner des Nesconset Jachtclubs.

Aber irgendwas an ihm war merkwürdig.
Zum Beispiel waren seine Schuhe abgewetzt und viel zu groß, als hätte er sie aus einem Mülleimer gefischt. Doch das war es auch nicht.
Es war seine Körpersprache.
Er wirkte verkrampft. Nervös. Sein Blick huschte dauernd durchs Zimmer. Als hätte er etwas vergessen. Oder Angst, erkannt zu werden.
Rachel, du nimmst die Sache viel zu ernst, sagte ich mir.
Manchmal tue ich das. Fragt meinen kleinen Bruder Seth. Er sagt, ich würde mir den ganzen Tag lang einbilden in einem Film zu sein, in dem alle anderen irgendeine Rolle spielen. Mein Dad meint, ich müsste endlich erwachsener werden und mich meinem Alter entsprechend verhalten.
Seth hat Recht. Dad irrt sich. Aber das ist ein ganz anderes Thema.
Ich spürte bloß, dass dieser Kellner uns die Luft zum Atmen nahm.
Und ich war die Einzige, die es merkte.
Alle anderen hörten meinem langweiligen Onkel Harry zu, der (wie gewöhnlich) eine Rede hielt:
»... Und so feiern wir heute an diesem idyllischen Ort Nesconset, der uns allen so ans Herz gewachsen ist, den Geburtstag eines Pioniers. Eines großen Mannes. Mein Vater Clem Childers der Dritte ...«
Clemson, nicht CLEM. Opa Childers hasst es, CLEM genannt zu werden. Es klingt wie Klemme. Das solltest du wirklich wissen, Onkel Harry.

Der Kellner wankte mit einem Tablett, auf dem sich schmutziges Geschirr stapelte, durch den Raum. Man merkte ihm an, dass er noch nicht lange kellnerte.

»... dessen Leben durch Tapferkeit und großen Verlust geprägt ist«, fuhr Onkel Harry mit monotoner Stimme fort, »seit jenem tragischen Tag vor sechzig Jahren, als er sich retten konnte, er, der einzige Überlebende des tragischen Bootsunfalls ...«

Ich war nahe dran, ihm eine Garnele an den Kopf zu schmeißen.

Doch nicht vor all diesen Leuten, Onkel Harry!

Ich konnte es nicht glauben. Opa Childers redete *nie* von dem Unfall. Es war ein Geburtstagsausflug gewesen, genau wie die Bootsfahrt, die wir bald machen würden. Damals hatte er seine besten Freunde verloren – und seinen eigenen Großvater.

Ich sah mich suchend nach Opa Childers um und entdeckte ihn in der Tür, die zum Pier führte. Er hörte Onkel Harry nicht zu und führte einen Zaubertrick vor, bei dem er einem der Partygäste eine Mandarine aus dem Ohr holte.

(So ist Opa Childers: Fünfundsiebzig und wird bald fünfzehn.)

Als ich mich wieder umdrehte, war der Kellner verschwunden.

»... infolgedessen hat er sein Leben den Träumen und Zielen der Kinder gewidmet, die damals ihr

Leben verloren haben – und wir sind der lebende Beweis dafür, dass er damit Erfolg hatte!«

Nein. Da ist er ja. Er geht auf die Küche zu. Er müht sich immer noch mit dem Tablett ab. Er geht direkt auf … Mr Havershaw zu.

Das war lustig.

Doch Mr H. war flink. Im allerletzten Augenblick wich er aus und der Kellner verschwand durch die Schwingtür in die Küche.

Schade. Ein Zusammenstoß der beiden wäre jetzt genau das Richtige gewesen.

Mr H. war auf der Party, um mich kennen zu lernen. Er ist der Direktor eines Internats, das Phelps heißt. Meine Eltern wollen mich im übernächsten Jahr dort hinschicken, deswegen haben sie ihn eingeladen.

Meine Eltern sind echt unmöglich. Ich bin noch nicht mal in der achten Klasse und sie haben schon mein ganzes Leben verplant – Privatschule, dann Yale und danach eine Karriere, in der man in ein Telefon schreit und den ganzen Tag Kontakte knüpft. Das ist das, was sie am besten können. Sie knüpfen Kontakte am Strand und beim Frühstück. (Und dabei werfen sie mir vor, *ich* würde zu viel Zeit am Telefon verbringen. Ha!) Einmal habe ich Dad gesagt, er sollte sich sein Handy ans Ohr nähen lassen, aber das fand er gar nicht witzig.

Ich meine, schließlich hätte ich Spaß haben sollen. Die Schule war vorbei. Es war ein herrlicher Julitag.

Doch ich lief in dicken, steifen Kleidern herum, schwitzte wie verrückt und machte mir Sorgen um meine Zukunft.

Kein Wunder, dass ich wegen des Kellners so nervös bin. Das ist der Stress.

Als Nächstes stand Mr Havershaw drohend vor mir, sah auf mich herab und feuerte blöde Fragen auf mich ab. Er roch aus dem Mund. Und ich antwortete ihm wie das wohlerzogene Mädchen, das ich bin: »Dreizehn Jahre alt … lauter Einser außer in Mathe … am liebsten möchte ich Ärztin oder Anwältin werden … ja, es wäre toll, Phelps zu besuchen …«

Lieber sterbe ich als auf Ihre olle Schule zu gehen, hätte ich gerne gesagt. *Und jetzt SAG ich Ihnen mal, was ich mit meinem Leben anfangen möchte: Ich will ins Wasser springen und schwimmen. Weg von dieser Party, weg von Ihnen, bis ich in den Wolken am Horizont verschwunden bin. Und dann werde ich aus dem Nebel auftauchen und ein Schloss bauen, zu dem Erwachsene keinen Zutritt haben, und ich werde nur Leute wie mich einladen, die das Leben genießen wollen, die es genießen, EIN KIND ZU SEIN, wie Opa Childers immer sagt. Also warum verschwinden Sie nicht einfach und quetschen stattdessen den psychopathischen Kellner aus.*

Der in diesem Augenblick wieder aus der Küche kam. Ohne ein Tablett in der Hand zwängte und wand er sich zwischen den Gästen hindurch.

»Rachel?«, fragte Mr Havershaw.

Hör ihm zu.

»Äh ... was?«

Ich entdeckte Opa Childers. Er stand allein in einer Ecke vor dem kalten Büffet.

Der Aushilfskellner lief auf ihn zu.

Er hatte es eilig.

Jetzt holte er etwas aus seiner Tasche.

Ein Messer.

Ein Taschenmesser mit Holzgriff und aufgeklappter Klinge.

»Entschuldigen Sie mich«, sagte ich.

Ich wartete noch nicht einmal Mr Havershaws Antwort ab. Blitzschnell rannte ich durch den Raum. Rempelte Gäste an, die vor Schreck ihre Vorspeisen fallen ließen.

Schnell hin. Du musst es schaffen!

Opa Childers wandte sich um. Er sah den Kellner an. Sein Lächeln verschwand. Sein Gesicht wurde blass. Und ich fing an zu schreien.

Das Messer.

So ein Schwachkopf.

2

»HALTET IHN FEST! ER HAT EIN MESSER!«
Ich drängelte mich durch die Menge. Ein Kellner kam mir in die Quere und sprang mit einem überraschten Aufschrei zurück.
Der Aushilfskellner hatte mir den Rücken zugewandt. Ich packte ihn an der Schulter. Er fuhr herum.
Nun sah ich das Messer von nahem. Es lag immer noch auf seiner Handfläche.
Entgeistert starrten Opa Childers und er mich an und ebenso alle anderen im Raum.

»Es ist alles in Ordnung, Rachel«, sagte mein Großvater sanft. »Es gehört mir. Der junge Mann hier hat es am Strand gefunden. Er will es mir bloß zurückgeben.«
»Zu-zurückgeben?«
Opa Childers nahm dem Kellner das Messer ab und hielt es mir hin. In den Griff waren die Initialen CC eingraviert.
»Ach«, brachte ich kleinlaut heraus. »Tut mir Leid.«
Rachel, du dumme Kuh.

Ich konnte ihm nicht in die Augen sehen.

Ich konnte niemandem in die Augen sehen.

Doch zu meinem Unglück sahen alle mich an.

Alle Partygäste, einschließlich meiner Eltern und Mr Havershaw.

Es ist gelaufen, Rachel. Vergiss Phelps.

Eine Besserungsanstalt wäre eher was für dich.

Ich verdrückte mich.

Mr Havershaws Lächeln verkrampfte sich. »Ist alles in Ordnung?«, fragte er.

Ich nickte. »Es war sein eigenes. Das Messer gehört Opa Childers. Ich dachte – na ja, Sie wissen schon …«

»Ja«, sagte Mr Havershaw. »Nun, äh, es war nett, dich kennen zu lernen, Rachel. Du hast wirklich eine wunderbare Familie.«

»Aber DU passt da gar nicht rein.«

Los, sag's schon!

»Danke«, erwiderte ich.

Als er wegging, spürte ich zwei Augenpaare, die mich durchbohrten.

Die Verachtung meiner Eltern.

Sie brauchten kein Wort zu sagen. Ich hörte ihre Botschaft laut und deutlich. Ich hatte sie schon tausend Mal gehört.

Faul. Nichtsnutzig. Unreif.

So viele Begabungen. So wenig Ehrgeiz.

Stell dich gerade hin.

Verbau dir nicht deine Chancen.

Versuch es doch wenigstens. Tausende da draußen versuchen *es und warten nur darauf, dich aus dem Feld zu schlagen.*
Ich drehte mich um in der Hoffnung auf ein freundlicheres Gesicht. Das von Opa Childers.
Doch er unterhielt sich immer noch mit dem Aushilfskellner. Deshalb ging ich hinaus auf den Pier.
Dort holte ich tief Luft und versuchte die Beschämung abzuschütteln. Für Mitte Juli war es recht kühl.
Neil, der Kapitän unserer Kreuzfahrt, kam den Bootssteg hinauf. »Wir segeln in fünfzehn Minuten!«
Ich ging den hölzernen Pier entlang, um der Menge zu entfliehen. Meine harten Schuhsohlen klapperten laut. Am liebsten hätte ich sie ausgezogen und jemandem an den Kopf geschmissen.
Die Jacht verdeckte den Blick auf die Bucht. Ich finde, sie wirkt eher wie ein Kampfschiff. Sie hat zwei Ebenen, zwei Motoren und zwei Nebelhörner. Als ich am Schott vorbeigelaufen war, erstreckte sich die Bucht von Nesconset vor meinen Augen tiefblau gegen den klaren Himmel.
Die Wolke am Horizont war größer geworden. Sie sah aus wie ein großer Kopf aus Schlagsahne. Ein paar Segelboote, die sich gelassen gegen den Wind lehnten, bildeten weiße Tupfer im Blau der Bucht.
Auch meine Gedanken segelten hinaus aufs Was-

ser – weg von meinen Eltern und Mr Havershaw. Plötzlich fühlte ich mich frei.
In diesem Augenblick entdeckte ich Opa Childers. Schweigend und mit langsamen Schritten betrat er das Deck.
Sogar er ist sauer auf mich.
»Es – es tut mir Leid, Opa«, sagte ich leise.
Er sah mich an, doch sein Blick ging wie durch mich hindurch. »Was tut dir Leid?«
»Dass ich geschrien habe. Wegen deines Messers.«
»Ach, ja.« Er nickte.
»Ich wusste nicht, dass es deins ist. Ich hab es noch nie gesehen. Ich dachte, er würde dich bedrohen –«
»Er hat mich nicht bedroht. Ich habe alles geklärt.« Blinzelnd betrachtete er den Horizont.
Ich schaute in dieselbe Richtung.
Und plötzlich wusste ich Bescheid.
Sein seltsames Verhalten machte auf einmal Sinn.
Ich war gar nicht der Grund.
Es waren die Wolken.
Sie machten ihm Sorgen.
Sie erinnerten ihn an damals.
Natürlich!
An seinen Geburtstag vor sechzig Jahren.
Damals musste das Wetter auch gut ausgesehen haben, so wie heute – sonst hätte sein Großvater keine Kreuzfahrt mit den Kindern gemacht.
Und dann …

Ich beugte mich neben ihm über die Reling. »Du willst nicht rausfahren, stimmt's?«

»Ich *wollte* schon«, antwortete Opa Childers. »Wirklich. Aber jetzt habe ich ihm gesagt, dass wir nicht segeln.«

»Wem? Captain Neil?«

Opa Childers drehte sich abrupt zu mir um. Es schien, als hätte er mich erst jetzt bemerkt. »Was?«, fragte er.

»Du hast Captain Neil gesagt, dass du nicht segeln willst?«

»Ich habe nicht mit Captain Neil gesprochen.«

Ich schwieg erschrocken. So durcheinander hatte ich Opa Childers noch nie gesehen.

Natürlich ist er durcheinander. Mom und Dad drängen ihn zu dieser Kreuzfahrt. Was er will, interessiert sie gar nicht. Und warum das Ganze? Nur um bei ihren vielen Kunden Eindruck zu schinden und vor Mr Havershaw angeben zu können.

Es ging gar nicht um Opa Childers. Es ging um sie.

Wie *immer* ging es um sie.

Nein, diesmal nicht.

Nicht, wenn ich es verhindern kann.

»Mach dir keine Sorgen, Opa«, sagte ich.

Dann ging ich in den Raum zurück.

Dad stand mit einem Teller in der Hand am Büfett und unterhielt sich mit einem dicken, kahlen Typ.

»Wir müssen die Kreuzfahrt absagen«, verkündete ich.

»Äh, Rachel –«, fing Dad an. »Ich bin mitten in –«
»Captain Neil sagt, dass wir in fünfzehn Minuten starten sollten, aber Opa will nicht und schließlich ist es seine Geburtstagsfeier.«
»Entschuldigen Sie mich«, sagte Dad zu seinem Bekannten. Er nahm meinen Arm und führte mich in eine abgeschiedene Ecke. »Tu mir das *nie* wieder an.«
»*Dir –?*«
»Mr Havershaw hat kein Interesse daran, Problemkinder in sein Internat aufzunehmen.«
»*Du* hast doch gesehen, was passiert ist.«
»Du hast überreagiert –«
»Okay, *es tut mir Leid*. Aber hast du gehört, was ich gesagt habe, Dad? Die Wolken – sie erinnern Opa an damals. An den Unfall. Und er sagt dir bloß deshalb nichts, weil er zu höflich –«
»Rachel, er ist mein *Vater*! Glaubst du wirklich, er würde mir seine Sorgen verschweigen? Und außerdem werde ich nicht meine Anzahlung zum Fenster rauswerfen und alle meine Gäste enttäuschen, alle meine Geschäftskunden, die extra aus Boston gekommen sind, um –«
»Ach so. Es geht also ums Geld.«
»RACHEL, HÖRST DU MIR EIGENTLICH ZU? Dein Großvater freut sich seit Jahren auf diesen Segeltörn. Er hat sich diese Kreuzfahrt *verdient*. Er hat nicht mehr lange zu leben.«
»Das weiß ich.«

»NEIN, DAS WEISST DU NICHT! *Du* hast nicht mit seinem Arzt gesprochen!«

»Was? Wovon redest du?«

Dad wandte rasch den Blick ab. »Ach nichts, Rachel. Du hast mich so durcheinander gebracht –«

Oh Gott.

»Stimmt was nicht, Dad? *Stirbt* Opa etwa?«

»Nein! Ich meine, jetzt noch nicht! – Was ich meine …« Dad atmete hörbar aus. »Rachel, dein Großvater hat ein schwaches Herz. Es ist ein Geburtsfehler. Die Ärzte sagen, er hat Glück gehabt, dass er damit so alt geworden ist, aber es sieht nicht gut aus. Okay?«

Okay?

»Wird er sterben?«

»Nein! Ich meine, ja, irgendwann schon, aber noch nicht gleich.«

Ich glaube es einfach nicht.

»Du … du übergehst … den Wunsch eines Sterbenden.«

»Rachel, sei nicht so dramatisch!«

Wieder dieses Wort. *Dramatisch.*

Das Wort, das sie mir immer dann an den Kopf werfen, wenn ich Gefühle zeige. Das Wort, das aussagt: *Du bist bloß ein Kind. Du weißt nicht, wovon du sprichst.*

»Wenigstens bin ich nicht *selbstsüchtig*«, platzte ich heraus.

»Wie bitte?«

Rachel, lass das, reg dich ab, du hast schon genug Schaden angerichtet –

»SELBSTSÜCHTIG«, schrie ich. »Und kalt. Und gefühllos – UND ICH KANN EINFACH NICHT GLAUBEN, DASS DU MEIN VATER BIST!«
Damit drehte ich mich um und rannte weg. Die Leute starrten mich an. Schon wieder. Sie wunderten sich, wo dieses *unverschämte, undankbare Kind* herkam, doch es machte mir nichts aus, es machte mir kein bisschen aus. Ich rannte und wollte immer weiterrennen, durch die Wand und noch einen Monat, ein Jahr, ein ganzes Leben lang weiterrennen, bis ich ein Loch in die Erde gerannt hätte, in dem ich verschwinden könnte.
Ich sah die Seitentür, die zu einer schmalen Gasse führte, in der die Müllcontainer des Jachtclubs standen.
Dort gehörte ich hin.
Ich stürzte zur Tür hinaus und brach in Tränen aus.
Dann blieb mein Herz stehen.
Da draußen war der Aushilfskellner.

Kontaktaufnahme.

3

Das Tor. Renne zum Tor.

Es war in einem hohen Holzzaun hinter ihm.

Ich versuchte um ihn herumzulaufen, doch er verstellte mir den Weg.

»Ist mit dir alles in Ordnung?«, fragte er.

»Alles bestens. Würdest du jetzt bitte den Weg frei machen?«

»Ja – ich meine, nein, ich meine – kann ich mich wenigstens entschuldigen?«

»Wofür?«

»Für das, was da drin passiert ist. Das mit deinem Großvater. Das mit dem Messer.«

»Entschuldigung angenommen. Also bis dann.«

Wieder bewegte ich mich auf das Tor zu. Diesmal wich er zur Seite. »Er sagt, du bist genauso wie er.«

Ich blieb stehen. »Wer?«

»Dein Großvater. Er sagt, ihr beide seid Seelenverwandte. Ihr könnt praktisch die Gedanken des anderen lesen.«

»Das hat er *dir* gesagt?«

»Ist es wahr?«

»Geht es dich was an?«
»Nee.«
Seelenverwandte.
So hatte ich Opa Childers noch nie gesehen.
Aber es stimmte.
Er stand mir näher als die meisten meiner Freunde.
Was würde ich bloß tun, wenn er …
Nicht. Nicht weinen. Wieder stiegen mir die Tränen in die Augen.
»Der Chef wollte mich feuern«, fuhr der Aushilfskellner fort. »Aber dein Großvater hat es ihm verboten.«
»Er ist unheimlich nett«, knurrte ich. »Manchmal *zu* nett.«
»So war er schon immer.«
»Woher weißt du das?«
»Ich bin ihm schon mal begegnet. Als ich noch jünger war.«
»Wie kommt es dann, dass ich mich nicht an dich erinnere?«
»Vielleicht bin ich einfach kein Typ, an den man sich erinnert.«
»Wohnst du in der Gegend?«
»Ich hab hier früher mal gewohnt und jetzt ziehe ich wieder her.«
»Wie schön für uns.«
Reg dich ab, Rachel.
Ich war unfair.

Okay, er hatte einen dummen Fehler gemacht.

Aber Opa Childers schien ihn zu mögen. Wie schlecht konnte er also sein?

»Ich heiße Rachel. Tut mir Leid, wenn ich unfreundlich war.«

»Colin.« Er zuckte mit den Schultern. »Ist schon okay. Ich kann es vertragen. Du bist schlecht drauf.«

»Aber nicht deinetwegen.«

»Da bin ich aber froh.«

»Ich kann mich da drin nicht mehr blicken lassen.«

»Dann bleib halt hier. Beruhige dich. Du brauchst kein Wort zu sagen. Ich werde niemandem verraten, dass du hier draußen bist.«

»Okay.« Ich setzte mich weit weg von dem Müllgestank auf ein Holzfass.

Er fuhr mit seiner Arbeit fort und brachte Plastiktüten aus der Küche.

Er wirkte so ruhig. So geduldig. Kein bisschen neugierig.

Abgesehen von seinem leicht fettigen Haar und den scharfen Gesichtszügen sah er gar nicht mal so schlecht aus. Er hatte strahlend grüne Augen, dichte, dunkle Brauen und eine olivfarbene Haut.

Was noch viel wichtiger war: Es schien ihm nicht *egal* zu sein, wie ich mich fühlte.

Das war mehr, als ich über die meisten Menschen in meinem Leben behaupten konnte.

»Also dann«, sagte Colin schließlich, »ich muss ins Haus zurück. Geht es dir wieder besser?«

Sag es ihm.

Ich schüttelte den Kopf und kämpfte mit den Tränen. »Ich – ich glaube nicht, dass Opa Childers noch lange leben wird.«

Colin sah mich voller Mitgefühl an. »Er ist alt, Rachel. Er hat ein langes, erfülltes Leben gehabt.«

»Er hat einen Herzfehler. Und meine Eltern behandeln ihn lieblos. Sie denken nie darüber nach, was er will.«

»Ich wäre echt happy, wenn man mir zum Geburtstag eine Kreuzfahrt schenken würde.«

»*Er* will sie nicht. Er hat Todesangst, aufs Wasser rauszufahren.«

Colin lachte. »Der Mann hat vor *gar nichts* Angst!«

»Das ist nicht wahr. Er hat mal einen Bootsunfall in der Bucht mitgemacht. Dabei hat er alle Menschen verloren, die er geliebt hat.«

»Er war der Einzige, der versucht hat die vielen Kinder zu retten. Er hatte keine Angst. Er war ein richtiger Held.«

»Ach? Warst du dabei?«, fragte ich sarkastisch.

»Das weiß doch jeder. Außerdem ist es schon sechzig Jahre her, Rachel. Jetzt ist er ganz darüber hinweg.«

»Du klingst schon genauso wie sie. Hey, ein paar Tote, ein schlechter Tag, werde einfach erwachsen und vergiss das Ganze, stimmt's? Aber so was vergisst man nie! Sogar Helden haben Ängste und Alpträume. Glaubst du, das hört auf, wenn man erwachsen wird?«

»Das habe ich nicht gesagt –«

Es reicht.

Geh jetzt.

Ich stürzte durch das Tor.

»Warte!«

Er packte mich von hinten. Ich versuchte ihn abzuschütteln, doch er riss mich zu sich herum.

Ich spürte, wie der Blick seiner grünen Augen mich tief innen drin berührte. Sie waren wie Magneten, die meine Gefühle an sich zogen. Die mir sagten, dass es okay war, dass er alles wusste, alles verstand.

Ich versuchte meine Gefühle zu unterdrücken, doch einen Augenblick später legte ich schluchzend meinen Kopf an seine Schulter. Ich spürte, wie mir eine Brise durchs Haar fuhr, doch dann merkte ich, dass es Colins Finger waren. Sie fühlten sich so angenehm und tröstlich an.

»Du hältst mich sicher für verrückt«, sagte ich.

Schweigend hielt Colin mich in den Armen und schaukelte sanft hin und her. Es waren höchstens zwei oder drei Minuten, doch sie kamen mir wie eine Stunde vor.

»Als ich noch klein war«, flüsterte er, »schlief ich immer mit einem kleinen weißen Plüschhasen im Arm. Ich nahm ihn überall mit hin. Eines Tages ließ ich ihn auf der Straße fallen und merkte es erst, als ich wieder zu Hause war. Ich war am Boden zerstört, meine Mutter auch. Sie lief raus in den Regen und fand den Hasen im Rinnstein. Er war ganz nass und dreckig – und als sie ihn mir zurückbrachte, hielten wir beide ihn im Arm und weinten. Ich habe mit dem Hasen im Bett geschlafen, bis – na ja, bis vor kurzem.«

»Ehrlich?«

Er wandte sich ab. »Ja.«

»Wie hieß der Hase?«

»Fluffy. Es war eine *Sie*.«

Ich weiß nicht, was ich so lustig fand – dass er rot wurde oder der alberne Name, den dieser große, kräftige Mann aussprach –, doch ich musste lachen.

Colin ließ mich los. »Vielen Dank. Erinnere mich daran, dass ich dir nie wieder ein Geheimnis anvertraue.«

»Ich lache nicht *über* dich. Ich lache *mit* dir.«

»Aber ich lache nicht!«

Ich versuchte mir das Lachen zu verkneifen. Ein ernstes Gesicht zu machen. »Stimmt.«

Fluffy?

Ich krümmte mich vor Lachen.

Colin verzog die Mundwinkel.

Dann brach auch er in Gelächter aus.

Die Schiffsglocke der Jacht ertönte.

»Ich muss jetzt gehen!«, sagte Colin.

Er warf mir einen Blick zu. Einen kurzen Blick. Nur den Bruchteil einer Sekunde lang.
Doch als er durch die Tür verschwand, konnte ich mich nicht mehr bewegen.

Das Problem ist gelöst.

Du wirst zurückgehen.

Das habe ich nicht gesagt. Ich sagte, das Problem ist gelöst.

4

So etwas hatte ich noch nie gesehen.

Nach dem Mittagessen, als die Jacht in der Bucht schwamm, standen Captain Neil, Opa Childers und ich an der Reling und starrten auf die Wolkenwand.

Denn genau das war es: *Wand*.

Sie war größer geworden. Jetzt ruhte sie so tief und kompakt auf dem Wasser, dass die Sonne strahlend darüber stand.

»Ich habe zwar schon von solchen Wolkenformationen gehört, aber noch nie eine gesehen.« Captain Neil gab mir sein Fernglas. »Ich glaube, sie halten sich ungefähr vierundzwanzig Stunden und dann – *puff* – lösen sie sich in nichts auf. Ein seltenes Phänomen. Es passiert an Sommertagen, an denen die Temperatur fällt. Ich vermute, dass ein Teil der warmen, feuchten Luft nicht entweicht und stattdessen die Wolken in eine Art eigenes Wettersystem hineinzieht.«

Ich schaute durch das Fernglas. Von nahem sahen die Wolken aus, als würden sie brodeln und miteinander verschmelzen.

Die Jacht trieb jetzt auf dem offenen Meer. Captain Neil hatte die Motoren ausgeschaltet. In der Stille des Sommernachmittags war mir, als könnte ich das ferne Zischen des sprudelnden Nebeldunstes hören.
»Ist sie denn nicht gefährlich?«
»Die Wolkenformation rührt sich nicht vom Fleck«, antwortete Captain Neil. »Und selbst wenn sie es tut, sind die Motoren stark genug, um uns rechtzeitig ans Ufer zu bringen. Mach dir keine Sorgen.«
Ich war fasziniert.
Doch als Captain Neil wegging, packte Opa Childers mich etwas zu fest an der Hand.
»Dummes Geschwätz«, murmelte er in sich hinein.
Dann sah ich Colin. Er lief mit einem Tablett zwischen den Gästen umher und sammelte leere Gläser ein. Sein Pferdeschwanz löste sich langsam auf und sein Hemd war aus der Hose gerutscht.
»Kann ich es mitnehmen, gnädige Frau?«, fragte er eine der Bedienungen, während er ihr von hinten das Glas wegnahm und sie zusammenschrak.
Er war ungeschickt.
Er war unachtsam.
Er war
unheimlich toll.
Der Gedanke tauchte aus dem Nichts auf.
Rachel, das denkst du nicht wirklich.
Du kennst ihn doch gar nicht.
Mein Gesicht wurde heiß. Ich hasste das Gefühl.
Plötzlich schien Opa Childers sich zu verkrampfen.

»Entschuldige mich, Rachel. Ich glaube, ich gehe besser rein.«

Jäh wurde ich aus meinem Tagtraum gerissen. »Opa, was ist los?«

»Mir ist bloß ein bisschen ... schwindlig. Bleib du hier. Mir passiert schon nichts.«

Während er wegging, sah ich, dass er sich ein wenig auf die Seite lehnte und sich, wo es ging, festhielt.

Ich rannte zu ihm und nahm seinen Arm. »Es ist bald vorbei«, sagte ich.

»In meinem Alter sagt man sich das jeden Tag«, erwiderte er mit einem schwachen Lächeln.

»Ich meine die *Kreuzfahrt*!«

Mein Großvater hörte mir nicht zu. Seine Augen wirkten leer und ängstlich. »Hast du dir schon mal gewünscht die Zeit anzuhalten, Rachel? Nie älter zu werden?«

Irgendwas stimmt nicht.

Er ist nicht mehr er selbst.

Die Kreuzfahrt bringt ihn ganz durcheinander.

Ich hab es doch gewusst.

»Warum fragst du das?«, wollte ich wissen.

Großvater sah mich mit einem seltsamen, geistesabwesenden Lächeln an. »Weißt du noch, wie wir beide gesungen haben, als du noch klein warst – wir taten so, als stünden wir auf der Bühne?«

Ich nickte. »Und meine Eltern haben dich ausgeschimpft, weil ich meine Hausaufgaben nicht gemacht habe.«

»Versprich mir diese Lieder nie zu vergessen. Niemals. Sing sie laut. Mach Fehler, geh an verbotene Orte. *Lebe*. Das hat mein Großvater mir gesagt. Als meine Eltern meine Seele fast in den Staub getreten hatten, hat er mich gerettet. Gib ja nicht nach, Rachel, sonst verbringst du den Rest deines Lebens damit, deine Seele wiederzufinden. So wie ich.«

»Opa, du machst mir Angst.«

»Versprich es mir. Denn bald werde ich nicht mehr da sein, um dich daran zu erinnern.«

»Hör auf damit! Du bist gesund! Du wirst ewig leben!«

»Nein, Rachel. Sag das *nie*. Das darf man *niemandem* wünschen. Es ist besser, mit den Menschen zu sterben, die man liebt, als sie alle zu überleben.«

»Es war ... es war nur eine Redewendung, Opa.«

Wieder verriet sein Gesicht, dass er mit seinen Gedanken ganz woanders war. »Entschuldige mich. Ich ... ich bin nicht gut drauf, Liebling. Ich ... werde mich etwas ausruhen.«

Während er in die Kajüte schlurfte, schien er immer kleiner zu werden. Mir war, als würde er langsam vor meinen Augen verschwinden.

Ich wandte mich ab, weil ich es nicht ertragen konnte.

Und dann spürte ich ein Prickeln im Nacken.

Jemand beobachtete *mich*.

Ich sah mich um.

Zuerst erschreckten mich Colins Augen. In der Spiegelung der Nachmittagssonne wirkten sie fast durchsichtig.
»Hi«, sagte er.
»Hast du nichts zu tun?«, fragte ich.
Er zuckte mit den Schultern. »Ich habe alle Gläser weggeräumt und abgewaschen. Das Abendessen wird erst in einer Stunde vorbereitet.«
»Cool«, sagte ich.
Wir gingen die Reling entlang. Ich hatte keine große Lust zum Reden.
Colin hatte seine Hände in die Hosentaschen gesteckt. Ich bemerkte, dass seine Schuhe ganz nass waren. »Ein Missgeschick?«, fragte ich.
»Missgeschicke. Mehrzahl. Links – das ist Limonade, rechts eine Bloody Mary.«
»Tollpatsch.«
Colin zuckte mit den Achseln. Er war knallrot im Gesicht.
Das gefiel mir an ihm. Für einen harten Typen war er ziemlich leicht verlegen.
Es überraschte mich, als er meinen Arm nahm.
Doch ich zog ihn nicht zurück.
Bald darauf stiegen wir die Eisentreppe am Schiffsbug hinunter.
Dort befand sich ein schmaler, enger Gang mit einer niedrigen Decke. Außer uns war kein Mensch da.
Das machte mir nichts aus. Jedenfalls nicht viel.
»Warum sind wir hier?«, fragte ich.

»Damit mich niemand um eine Zitronenscheibe oder noch eine Tasse Kaffee bittet. Ich hab jetzt Pause.«

»Ach so.«

Eine salzige Brise schlug mir ins Gesicht und ich sog tief die Luft ein. Wir wandten uns dem Wasser zu. Die Wolkenwand wirkte noch näher als vorher und jetzt konnte man die sich kräuselnden Nebelschwaden mit dem bloßen Auge erkennen.

»Außerdem«, sagte Colin, »hast du vorhin so geklungen, als wolltest du die Flucht ergreifen. Vor der Party.«

»*Das hier* soll eine Flucht sein?«

»Wäre dir eine tropische Insel lieber?«

»Na klar.«

»Wo Limonade aus der Quelle sprudelt und das Blaukehlchen singt …«, sang er mit zitternder, flüsternder Stimme, »und wo keiner je-e-emals älter wird … Oder so ähnlich.«

»Im großen Zuckergebirge!«, sagte ich. »Früher hat Opa Childers mir das immer vorgesungen.«

»Also … was hält uns noch davon ab?«

»Hast du deinen Hubschrauber schon bestellt?«

Colin richtete sich auf. Dann zog er sein Hemd aus, schleuderte seine Schuhe weg und begann die Reling hochzuklettern. »Wer braucht einen Hubschrauber?«

»Colin, was machst du da?«

»Wir können dorthin schwimmen.« Er ging in die Hocke, beugte sich vor und sprang in die Bucht. Als

er wieder auftauchte, stieß er einen Jauchzer aus.
»Das Wasser ist toll!«
»DU BIST TOTAL VERRÜCKT!«
»Die Jacht liegt ruhig im Wasser. Die Propeller sind ausgeschaltet.«
»Aber deine Hose –«
»Ich zieh mich später um! Komm schon!«
Verrückt.
»Wenn uns einer sieht!«
Er warf einen Blick auf das Oberdeck. »Niemand schaut her!«
»Meine Eltern bringen mich um!«
»Die sind doch eh schon sauer. Wie viel schlimmer kann es denn noch werden?«
»Aber mein Kleid –«
»Bitte sehr, wie du willst. Bin gleich wieder zurück.«
Er schwamm im Schmetterlingsstil davon. Dann drehte er sich auf den Rücken, paddelte mit den Füßen und spuckte eine hohe Wasserfontäne in die Luft.
Mir war heiß und ich verspürte einen starken Juckreiz am ganzen Körper. Mein Kleid engte mich ein.
Wovor habe ich Angst?
Wovor hatte ich *keine* Angst?
Lebe.
Geh an verbotene Orte.
Es braucht keinen Sinn zu ergeben.
Tu es einfach.

Ich überlegte, ob ich zurück aufs Oberdeck gehen sollte. Zur Party. Zu Mom und Dad. Zu Opa Childers mit dem traurigen Gesicht.

Ich zog meine Schuhe aus.

Dann klammerte ich mich an die Reling.

Und stürzte mich ins Wasser.

Nummer 209, das können wir nicht ungestraft hinnehmen!

Vergiss es. Sein Sender ist ausgeschaltet.

5

Kalt.

Eiskalt.

Das Wasser schmerzte auf meiner Haut.

Ich tauchte an die Oberfläche und holte keuchend Luft.

»Du hast es geschafft!«, rief Colin.

Ich versuchte zu antworten, aber ich bekam vor Kälte den Mund nicht auf.

Ich drehte mich zur Jacht um und erwartete, dass Mom oder Dad mich beobachteten und wütend wurden.

Doch sie waren nicht da. Nur ungefähr ein Dutzend Partygäste, die sich miteinander unterhielten und uns keine Aufmerksamkeit schenkten.

Colin trat wie wild im Wasser herum und streckte die Hände in die Höhe. »Siebenunddreißig, achtunddreißig – glaubst du – neununddreißig, vierzig – ich würde die Rettungsschwimmer-Prüfung bestehen?«

Ich stürzte mich auf ihn und spritzte ihm Wasser ins Gesicht. »N-n-nein!«

»H-h-h-hey!«, blubberte er.

Ich kraulte von ihm weg. Das kann ich am schnellsten.

Ich hörte, dass er mir folgte.

Er packte mich bei den Füßen und ich ging unter.

Als ich hustend und keuchend wieder an die Wasseroberfläche kam, schrie ich: »Toller Rettungsschwimmer!«

Er spritzte mir einen großen Schwall Wasser ins Gesicht. »Das ist für vorhin!«

Ich jagte ihm hinterher. Er jagte mir hinterher.

Und keiner scherte sich darum.

Oben an Deck *unterhielten* sich alle. Über Aktien und Wertpapiere und Portfolios und hübsche Mädchen.

»Langweiler!«, rief ich zu ihnen hinauf.

»Landeier!«, fügte Colin hinzu.

Es machte einen Mordsspaß.

Spaß.

Wir lagen auf dem Rücken und ließen uns von der Jacht wegtreiben. Im spitzen Winkel der Sonnenstrahlen färbte sich der Himmel von blassem Ocker bis hin zu tiefem Blau.

»Hast du immer noch Angst?«, fragte er.

»Nein.«

Es war die Wahrheit.

Ich *wollte,* dass meine Eltern uns sahen.

Ich stellte mir ihr Entsetzen vor.

Ich malte mir aus, wie ich ihnen zum Abschied zuwinken und zum Horizont schwimmen würde.

Mich in die Wolken stürzen würde, um mein Traumland zu finden, mein Schloss –

Wolken.

Ich drehte mich im Wasser um.

Vor mir tat sich eine weiße Wand auf.

Sie war nahe.

Ganz nahe.

Wie um –?

Mit einem seligen Lächeln und geschlossenen Augen schwamm Colin auf dem Rücken auf die Wolkenwand zu.

»KOMM ZURÜCK!«, rief ich.

Er hörte mich nicht.

Das Geräusch.

Ein leises Zischen. Ein Donnergrollen.

»Colin!«

Schrei nicht. Schwimm weiter.

Sein Kopf verschwand schon im Nebeldunst … dann seine Schultern und sein Brustkorb …

Die Wolken schienen nach uns zu greifen.

Sich nach uns auszustrecken.

Ich konnte ihn nicht mehr sehen. Ich sah nur noch

Weiß.

Einen weißen Vorhang.

Er öffnete sich, dehnte sich aus, lockte.

Kehr um.

Ich machte einen Moment Pause und sah mich um.

Die Jacht war klein. In unerreichbarer Ferne.
Und dann war sie mit einem Windstoß verschwunden.
Ich spürte, wie sich mir die Haare sträubten.
Der Himmel war eine weiße Decke.
Alles, was hinter und vor mir lag, war weiß. Ich konnte noch nicht einmal mehr das Wasser sehen.
Wo ist er?
»COL-I-I-IN!«
Als Antwort rief er meinen Namen.
Ich schwamm auf seine Stimme zu.
Das Wasser stieg höher und schlug mir ins Gesicht. Ich kämpfte dagegen an, es herunterzuschlucken.
»WO BIST DU?«
»Hier!«
Links von mir.
Blind steuerte ich die Richtung an.
Einen Augenblick später stieß mein Arm gegen etwas Festes.
»Rachel! Halte dich an mir fest!«
Ich packte Colins Arm. Jetzt konnte ich ihn auch sehen. Ganz schwach, wie eine Erscheinung. Er zog mich vorwärts.
»Du schwimmst in die falsche Richtung!«, schrie ich und zerrte an ihm.
»Nein!«, rief er zurück. »Es ist da vorne!«
Was macht er bloß?

In dem weißen Nebel verlor ich völlig die Orientierung. Ich versuchte zu schwimmen und mich an Colin festzuhalten. Ich hustete und spuckte Salzwasser. Als wir eine eiskalte Stelle erreichten, verkrampfte sich mein rechtes Bein.
»SCHWIMM NICHT GEGEN MICH, RACHEL!«
»ICH HABE EINEN KRAMPF!«
»WO?«
»IN DER RECHTEN WADE!«
Er hielt mich fest und hob mich etwas übers Wasser, dann massierte er mir die Wade.
Ich sah, wie er Wasser schluckte und unterging.
Schwimm.
Schwimm jetzt, sonst wird er ertrinken.
Ich bewegte meinen Fuß. Ich trat auf der Stelle. Mein Bein war wieder funktionstüchtig. »ICH BIN OKAY!«
Ich nahm seinen Arm und schwamm weiter, doch dann türmte sich eine Welle zwischen uns auf und er entglitt mir.
»Wo bist du?«, brüllte ich.
Keine Antwort.
Voller Panik sah ich mich um.
Dort drüben.
Für einen Augenblick riss die Nebelwolke auf.
Er schwamm.
In der entgegengesetzten Richtung.
»NE-I-I-N!«
Mein Schrei wurde vom Dunst verschluckt.

Mit jedem Atemzug strömte Wasser in meinen Mund. Brannte in meiner Lunge.
Nicht ertrinken.
Ich paddelte mit den Armen. Ruderte verzweifelt, um den Kopf über Wasser zu halten. Ich tat alles, um bloß nicht unterzugehen.
Aber ich war dabei, zu verlieren – Sauerstoff und den Kampf ums Überleben.

Ich reckte den Kopf in die Höhe und versuchte Luft zu schnappen.
Und dann hörte ich das Rauschen.
Wie das Geräusch eines Tiers im Käfig erhob es sich hinter mir. Nur dass es weder ein Tier noch ein Mensch war.
Ich spürte, wie mich etwas im Wasser zurückzog.
Die Unterströmung.
Ich wusste über Unterströmungen Bescheid.
Ich wusste, dass man nicht gegen sie ankämpfen kann.
Dass sie einen mitreißen, wohin sie wollen.
Gewöhnlich auf den Meeresgrund.
Kämpf dagegen an.
KÄMPFE DAGEGEN AN, RACHEL.
Ich versuchte es. Doch ich spürte, dass ich in ein Loch fiel.
Ein Wasserloch.
Das Weiß wurde schwarz.
Meine angespannten Muskeln gaben nach. Meine

Gedanken – mein ganzes Leben lief wie ein schneller Film vor meinen Augen ab – wirbelten nach oben und aus meinem Körper heraus.
Da wusste ich, dass ich nicht länger kämpfen konnte.

Es ist getan.

Wir töten nicht.

Das wollte ich nicht. Ich wollte Leben retten.

6

Ich war bewusstlos, als der Ruck kam.
Aber ich spürte ihn.
Ganz schwach spürte ich, wie mein Körper durch eine so plötzliche Kraft nach oben gezogen wurde, dass es mich beinahe zerrissen hätte.
Mein Kopf stieß durch die Wasseroberfläche. Die Luft wich explosionsartig aus meiner Lunge.
Luft.
Ich sog sie ein. Ich verschlang sie in hastigen Atemzügen. Ich spürte nichts außer meinen Lungen, die Sauerstoff pumpten. Ich ruderte mit den Armen und trat wie wild um mich.
Leben. Ich lebe noch.
Ich schaukelte auf wilden Wogen vorwärts.
Der Nebel vor mir löste sich langsam auf.
In der Ferne war ein dunkler Umriss auszumachen.
Land.
Nur einen Augenblick lang. Denn sobald es auftauchte, wurde es von der Wolke eingehüllt.
Ich übernahm wieder die Kontrolle über meinen Körper. Mit ruhigen Armbewegungen folgte ich

dem Rhythmus der Welle. Schwamm auf die Landmasse zu.

Da vorne.

Ihre Umrisse erschienen immer noch dunkel und verschwommen, aber jetzt kam sie schon näher.

Anscheinend hatte ich die Richtung geändert. Ich schwamm aufs Ufer zu.

Halte dich über Wasser.

Dann hörte das Zischen mit einem kaum hörbaren »Plopp« auf. Die totale Stille kam so plötzlich, dass ich sie *fühlen* konnte – als würde ich kopfüber in eine Grube fallen.

Der Nebel hatte sich aufgelöst.

Ich schaukelte auf windstillem Wasser.

Das Land nahm klare Umrisse an.

Es war eine von Felsen umringte Bucht. Der Sand sah in der Sonne leuchtend pink aus.

Sonne. Ruhe.

Als existierten die Wolken gar nicht.

Ich schwamm auf das Ufer zu – ganz langsam, um meine schmerzenden Muskeln zu schonen.

Bald darauf wurde ich von einer niedrigen, lang gestreckten Welle an den Strand getragen.

Meine Beine zitterten vor Schwäche, als ich ans Ufer wankte. Ich suchte mit den Augen die Küste und das Wasser ab, in der Hoffnung, Colin zu sehen. Oder die Jacht.

Aber da war nichts.

Die Wolken hockten wie Kissen auf dem Wasser. Sie wirkten so harmlos, so ... *weit weg.*

Seltsam. *So* weit konnte ich doch gar nicht geschwommen sein. Die Wolken schienen meilenweit weg zu sein – genau so, wie sie zu Hause ausgesehen hatten.

Aber das hier ist nicht zu Hause.

Ich sah mich in der Bucht um und konnte nichts Vertrautes erkennen.

Ich kannte die Buchten von Nesconset, jede einzelne von ihnen.

Das hier war woanders.

Aber wo?

Die Nachbarinsel von Nesconset lag direkt hinter dem Horizont. Neunundzwanzig Meilen entfernt. In der Nähe von Woods Hole gab es noch eine Gruppe kleiner Inseln. Doch die lagen mindestens dreißig Meilen weiter westlich.

So weit konnte ich nicht geschwommen sein. Unmöglich. Sogar die Fähre brauchte zweieinhalb Stunden für diese Entfernung.

Außerdem stand die Sonne noch immer an derselben Stelle. Ich war höchstens eine halbe Stunde im Wasser gewesen.

»Colin?«, rief ich.

Ich lief zur nächsten Sanddüne. Von dort oben würde ich eine bessere Sicht haben. Meine Haare und mein Kleid waren klatschnass und ich war barfuß.

Auf halber Höhe blieb ich erstarrt stehen.
Ich hörte Stimmen.
Sie klangen gedämpft. Ich konnte nicht hören, was sie sagten.
»HALLO?«, rief ich und humpelte hastig weiter. »ICH BIN HIER DRÜBEN!«
Dann erreichte ich die Spitze der Düne.
Und von der anderen Seite stürzte sich jemand auf mich.

Sie hat es geschafft.

Du hast noch mal Glück gehabt, Nummer 209.

Ich bin sicher, dass sie in guten Händen ist.

7

»AAAAAH!«, schrie ich.

Ich biss meinen Angreifer in den Arm.

Er sprang zurück. Mühsam stand ich auf und sah ihn an. Er war mindestens einen Meter achtzig groß. Sein Gesicht war vernarbt, sein Haar war an den Seiten kurz und nach hinten zurückgekämmt.

Während er seinen Arm rieb, musterte er mich wütend.

»Wer bist du?«, fragte ich.

»Und wer bist *du*?«, gab er zurück.

Hinter ihm kam eine Gruppe von mindestens zwanzig Leuten auf uns zu.

Ich betrachtete ihre Gesichter. Es waren ungefähr gleich viele Jungen und Mädchen. Ich kannte niemanden. Sie unterhielten sich aufgeregt miteinander. Ein paar von ihnen rannten in den umliegenden Wald.

»Sie hat mich *gebissen*!«, rief mein Angreifer.

»Du hast sie überfallen, Carbo«, erwiderte eines der Mädchen. »Was erwartest du denn – ein Dankeschön?«

Carbo?

Ein paar der Jugendlichen kicherten. Carbo wirkte verlegen. »Ich – ich hab gedacht, sie ist –«

»Ich heiße Mary Elizabeth«, unterbrach ihn das Mädchen. »Das mit Carbo tut mir Leid. Er regt sich immer gleich so auf.«

Carbo murmelte etwas, das wie eine Entschuldigung klang, und trottete davon.

»Ich heiße Rachel«, sagte ich. »Ich – bin hergeschwommen. Durch die Wolkenwand. Die See war unglaublich aufgewühlt. Wir waren in der Bucht von Nesconset – auf einer Jacht – und sind ins Meer gesprungen, aber wir dachten, die Wolken seien weit genug weg. Mit *wir* meine ich einen Typen und mich – er heißt Colin – dunkle Haare, ungefähr eins achtzig. Habt ihr ihn gesehen?«

Mary Elizabeth schüttelte den Kopf. »Nee.«

»Dann ist er vielleicht noch im Wasser!«

»Wir haben Ferngläser – und ein paar sehr gute Schwimmer«, sagte ein blonder Junge, der eine altmodische Bowlingjacke mit dem aufgestickten Namen WES anhatte. »Wenn er irgendwo in der Nähe ist, finden wir ihn.«

Während er wegrannte und den anderen Anweisungen zurief, sah Mary Elizabeth mich besorgt an. »Du musst total erschöpft sein.«

»Und desorientiert«, antwortete ich. »Wo bin ich?«

»Auf Onieron.«

Der Name klang fremd. Ich versuchte mir eine Karte

der Bucht vorzustellen. Doch ich sah nur eine große blaue Fläche.
»K-k-kann ich m-mal t-telefonieren?« Meine Lippen zitterten.
Der blonde Junge kam wieder zurück. Er zog seine Jacke aus und legte sie mir um die Schultern. »Hier gibt es keinen Strom«, sagte er. »Wir leben sehr einfach.«
»Komm mit in unsere Hütte«, bot Mary Elizabeth an. »Du brauchst Ruhe und trockene Kleidung. Vielleicht auch ein warmes Bad.«
»A-a-aber ich muss zurück«, beharrte ich. »Sie warten doch auf mich!«
»Es ist jetzt zu spät, um rüberzufahren«, sagte Wes. »Nicht solange die Wolkendecke da ist. Vor allem wenn die See so aufgewühlt ist, wie du sagst.«
»Wir haben bloß Ruderboote und Kanus«, sagte Mary Elizabeth. »Bis morgen früh haben sich die Wolken verzogen.«
»Morgen? Aber –«
»Außerdem haben wir schon ein Taxi bestellt«, fügte Wes hinzu.
Ich stellte mir Opa Childers' Gesichtsausdruck vor. Wie er auf die Wolkenwand starren würde. Wie er glauben müsste, ich sei tot.
Was war mit seinem Herzen? Konnte es das hier verkraften?
Und was ist mit Colin?
Vielleicht war er schon wieder auf der Jacht.

Schließlich war er in die entgegengesetzte Richtung geschwommen. Wenn er weitergekommen war, hatte er es vielleicht durch die Wolkenwand geschafft ...

Du kannst jetzt nichts dagegen tun, Rachel.

Nur hoffen und beten.

Ein warmes Bad und trockene Klamotten – das klang ziemlich verlockend.

»Also gut«, sagte ich.

Mary Elizabeth grinste und legte den Arm um meine Schultern. »Mach dir keine Sorgen. Es wird dir hier gefallen.«

Ich ging zwischen ihr und Wes, wir entfernten uns vom Strand. Immer wieder schaute ich zurück und hoffte, Colin würde auftauchen.

Hinter den Dünen kamen wir an einen holprigen Weg. Ich hörte das Klappern von Hufen – und dann tauchte hinter einer Kurve ein Wagen auf, der von einem Pferd gezogen wurde.

»Ist das das Taxi?«, fragte ich.

»Wir leben sehr einfach«, sagte Mary Elizabeth, während sie mir auf den Pferdewagen half.

Er war ein ziemlich primitives Gefährt, das aus groben Holzbrettern, rostigen Nägeln und Schnur zusammengeschustert war. Die Fahrt war so holprig, dass ich alle meine schmerzenden Muskeln spürte.

Wir fuhren an hügeligen Hochmooren vorbei, auf denen winzige Holzhäuser und kleine Bauernhöfe standen. Eine Frau ritt auf einem Pferd, das mit lauter Körben beladen war. Drei Kinder auf einem Feld hielten mitten in ihrem Spiel inne, um uns anzustarren. Ein alter Mann winkte von seiner Holzveranda. Keiner schien es eilig zu haben. Ich sah kein einziges Auto.

Nach kurzer Zeit erreichten wir eine Wiese, die von Wald umgeben war. Auf einem zertrampelten Feld standen zwei große Holzhütten, die an ein Ferienlager erinnerten.

»Willkommen in unserem Heim«, sagte Mary Elizabeth.

»Es ist etwas chaotisch«, fügte Wes hinzu.

Mary Elizabeth verdrehte die Augen. »Bei euch vielleicht. Aber in der Hütte der *Jungs* soll sie ja schließlich auch nicht wohnen.«

»Das ist ja ein Camp!«, stieß ich aus.

»Könnte man sagen«, erwiderte Mary Elizabeth.

Die Hütte der Mädchen war voller Etagenbetten. Die Mädchen schienen nicht viel zu besitzen – hauptsächlich Bücher und Zeitschriften, von denen die meisten so aussahen, als seien sie ins Wasser gefallen und hinterher getrocknet worden.

Eine Tür führte in ein kleines Bad. Auf einem Eckregal war ein Krug mit Trinkwasser. An der Wand hing ein einfacher Holzständer, auf dem eine Kerze stand. Zwei andere Mädchen schleppten Eimer voll Wasser herein, das draußen über einem Feuer heiß gemacht worden war.

»Sanitäre Einrichtungen habt ihr wohl auch nicht?«, fragte ich.
Mary Elizabeth zuckte verlegen mit den Schultern. »Ach, man gewöhnt sich dran.«
Die Badewanne war winzig. Aus ihr ragten Rohre heraus, die nirgends befestigt waren, als sei sie von einer Müllhalde herangeschafft worden.
Doch das Wasser war sauber, heiß und wohltuend. Der reinste Luxus.
Ich lehnte mich zurück und lauschte dem Gelächter und den Unterhaltungen draußen vor den Fenstern.
Langsam fielen mir die Augen zu.
Ein Traum.
Das ist es.
Eine Insel, wo gar keine sein kann.
Ein Camp. Ohne Erwachsene.
Es ist zu schön, um wahr zu sein.
Ich werde aufwachen ... in ... in meinem ... öden ... Leben ...
Ich musste eingeschlafen sein. Denn der Klang einer Glocke weckte mich.
Mary Elizabeth stand im Türrahmen des Badezimmers. Sie hielt eine alte, verrostete Glocke in der Hand und grinste breit. »Wach auf, Rachel. Wir können schließlich keine Dinnerparty ohne den Ehrengast geben!«
Ich setzte mich auf. »Was für ein Ehrengast?«
Colin?

»Du«, antwortete Mary Elizabeth.

»Was ist mit meinem Kumpel?«, fragte ich. »Gibt es ein Lebenszeichen von ihm?«

»Noch nicht. Sie glauben, dass er es zurück an den Strand geschafft hat. Das hier kannst du anziehen.«

Auf einem kleinen Fass im Bad breitete sie einen Rock, ein Hemd und einen Baumwollpullover aus.

Ich stieg aus der Wanne und trocknete mich ab. Die Kleider waren uralt und etwas abgewetzt, doch auf eine witzige, altmodische Weise cool.

Als ich den Rock hochhob, fiel ein Buch herunter, das auf dem Fass gelegen hatte. Ich bückte mich und hob es auf. Es war ein Fotoalbum, dessen Seiten gewellt und fleckig waren.

Auf dem Deckel stand in vergilbter Druckschrift NJHS.

Nesconset Junior High School.

Ich war also nicht allein. Es gab noch jemanden aus Nesconset hier.

Ich legte das Buch hin und schlug es auf.

»Was machst du denn da?«

Mary Elizabeth kam hereingerannt und schlug das Buch so hastig zu, dass sie fast meine Finger eingeklemmt hätte.

»Ich habe bloß –«, fing ich an.

»Wir haben keine Zeit für so was!«, sagte Mary Elizabeth.

»Wer ist aus Nesconset?«

»Zieh dich an, bevor dein Taxi Wurzeln schlägt!«
Mary Elizabeth rannte hinaus, damit ich mich anziehen konnte.
Das Buch nahm sie mit.

Sie weiß es nicht.

Warum hast du es ihr nicht gesagt?

Dann wäre sie nicht mitgekommen.

Aber sie wird es von allein herausfinden.

Und dann ist es zu spät.

Genau.

8

»Eure Kutsche, Cinderella.« Wes stieg vom Pferdewagen herunter. Er trug ein zerrissenes altes Cape und eine mottenzerfressene Mütze.

»Du bist sicher die Ratte«, sagte ich.

»Zu euren Diensten. Steigt in meine Falle ein.«

Der Wagen war mit Glyzinen, Geißblatt und Immergrün geschmückt. Um uns herum versammelte sich das gesamte Camp; alle waren verkleidet.

»Wie komme ich zu der Ehre?«, fragte ich und kletterte auf den Wagen.

»Uns gefällt deine Einstellung«, erwiderte Wes.

Mary Elizabeth stieg nach uns auf. »Und wir möchten, dass du für immer hier bleibst.«

Ich lächelte. »Ich werde es mir überlegen.«

Während der Pferdewagen davonzockelte, liefen die anderen Lagerbewohner lachend und rufend nebenher. Ein paar von ihnen hatten Musikinstrumente mitgebracht – ein Saxofon, eine Flöte, eine Trommel und eine Trompete. Sie spielten grauenhaft schlecht. Ich konnte noch nicht mal eine Melodie erkennen.

Aber das machte überhaupt nichts.

Ich hatte trockene, luftige Klamotten an und fühlte mich pudelwohl. Ich wäre vollkommen glücklich und zufrieden gewesen, wenn ich nur gewusst hätte, ob mit Colin und Opa Childers alles in Ordnung war.

Wahrscheinlich geht es ihnen gut.

Colin ist ein genauso guter Schwimmer wie du. Außerdem ist ER in die richtige Richtung geschwommen.

Und Opa Childers ist ein Überlebenskünstler. Er überlebt vielleicht sogar dich, Rachel.

Ich versuchte, nicht an sie zu denken. Um nicht durchzudrehen.

»Gefällt's dir hier?«, fragte Wes.

»Klar«, antwortete ich. »Aber wo sind die Betreuer?«

»Sie wohnen nicht mit uns zusammen«, erklärte Wes. »Wir sehen sie nur bei besonderen Anlässen wie diesem.«

»Ihr seid also den ganzen Tag über allein?«, fragte ich.

Mary Elizabeth nickte.

»Vielleicht bleibe ich *wirklich* für immer«, murmelte ich.

Bald darauf stieg mir der Duft von Rostbraten in die Nase. Und dann andere köstliche Gerüche – von Maiskolben, frisch gebackenem Brot und Gebäck. Erst jetzt merkte ich, wie hungrig ich war. Mir lief das Wasser im Mund zusammen.

Essen die immer so gut?

Auf einer großen Wiese hielten wir an. In einer Ecke wurde ein Lamm über einem Feuer geröstet, aus drei offenen Steinöfen stieg Dampf auf. Fremde Leute stellten Platten mit heißen Gerichten auf lange Picknicktische.
Erwachsene.
Doch sie wirkten nicht wie die durchschnittlichen Bewohner von Cape Cod.
Die meisten von ihnen waren sogar verkleidet.
In einer der Gruppen hatten die Frauen Kleider mit Reifröcken und schwarze Pelzkappen an. Die Männer trugen steife Wolljacken, Knickerbocker und Nagelschuhe.
Pilger. Sie sahen aus wie die Leute, die damals mit der Mayflower nach Amerika gekommen waren.
In einer anderen Gruppe trugen alle Männer weiße Rüschenhemden und Kopftücher, als wären sie direkt dem Buch *»Die Schatzinsel«* von Stevenson entsprungen. Sie scheuchten barfüßige Männer in zerrissenen Lumpen herum.
Piraten und ihre Gefangenen.
Eine Truppe von Männern in gestärkten grünen Armeeuniformen sah aus, als wäre sie dem Spielfilm *»Der Soldat James Ryan«* entstiegen.

Die Gruppen schienen für sich zu bleiben – außer einer Musikband, die aus allen Gruppen zusammengestellt worden war. Die Musiker spielten auf Flöten, die aus Ästen geschnitzt, und auf Trommeln, die aus ausgehöhlten Baumstämmen gemacht waren. Auf einer nackten Erdfläche führten ein paar Leute in Holzpantoffeln einen komplizierten Holzschuhtanz auf.

»EINE THEATERTRUPPE?«, rief ich Wes zu, um den Lärm zu übertönen. »ODER IST DAS HIER EIN SCHAUSPIELER-CAMP?«

Wes nickte. »DIE SIND ECHT WAS BESONDERES, NICHT WAHR?«

Ich machte mir nicht die Mühe, meine Frage noch mal zu wiederholen. Zu anstrengend.

Als ich vom Wagen herunterstieg, kamen Fremde angelaufen, um mich zu begrüßen. Wes und Mary Elizabeth versuchten sie mir vorzustellen, doch ich konnte mir ihre Namen nicht merken. Einige von ihnen sprachen mit Akzent – die meisten britisch oder irisch und ein paar Dialekte klangen ziemlich breit.

Als ich an das kalte Büfett trat, zog Carbo mich weg. Diesmal lächelte er. Er versuchte mir die komplizierten Tanzschritte beizubringen. Ich war ein totaler Trampel, doch *er* tanzte viel besser, als ich es erwartet hätte. Als hätte er Tanzstunden genommen.

Um uns herum klatschten und jubelten die Leute.

Ich fühlte mich wie zu Hause.

Und fast verhungert.

Schließlich führte Carbo mich ans Büfett.

Beinahe hätte ich laut gelacht. Die Typen in den Armeeuniformen standen beim Essen kerzengerade da und unterhielten sich in lautem, zackigem Ton. Die »Pilger« aßen schweigend von Tellern, auf denen kaum etwas lag.

Die Männer in Lumpen schienen Kellner für die Party zu spielen; mit mürrischen Mienen eilten sie umher, räumten Teller ab und machten sauber. Die *Schatzinsel*-Typen erteilten ihnen erbarmungslos Befehle, schubsten sie herum und lachten hinter ihren Rücken über sie.

»Welches Stück wird hier gespielt?«, fragte ich, als ich mit meinem voll gehäuften Teller Wes und Elizabeth an einen Tisch folgte. »Ich wette, *›Hexenjagd‹* ... oder vielleicht *›Die Piraten von Penzance‹*?«

»Genau«, sagte Wes. »Es ist eine Art Reservoir-Truppe.«

»Repertoire«, verbesserte Mary Elizabeth ihn.

Ich leerte einen Becher Punsch und begann zu essen.

Einer der barfüßigen Männer sah mein leeres Glas. »Darf ich, Fräulein?«

Colin.

Einen Augenblick lang sah ich ihn, wie er auf der Jacht Gläser abräumte.

»Nein, danke«, sagte ich.

Plötzlich hatte ich keinen Durst mehr. Auch keinen Hunger. Ich schob meinen Teller weg.

»Schmeckt dir das Fleisch nicht?«, fragte Wes.

»Nein, es ist bloß – mir ist nicht gut.«

Wes sprang auf. »EINE REDE!«

»HÖRT, HÖRT«, ertönte als Antwort.
Ich wandte mich um.
Alle erhoben sich von ihren Plätzen. Sie lächelten und prosteten mir zu.
Ich spürte, wie mich jemand vom Tisch wegzog.
Es war Mary Elizabeth.
»Das gilt dir«, sagte sie.
»AUF RACHEL!«, rief Wes.
Dann stand ich in der Mitte. Umgeben von Leuten.
»HIPP, HIPP!«, rief Mary Elizabeth.
»HURRA!«, antworteten alle anderen.
»Hey, Leute ...«, flehte ich.
»HIPP, HIPP!«
»HURRA!«
»Vielen Dank, aber ich hab doch gar nichts *getan*«, sagte ich.
»HIPP, HIPP!«
»HURRA!«
»RACHEL, ALLE ACHTUNG VOR DEINEM MUT«, rief Wes. »DU HAST DEN FAST SICHEREN TOD AUF SEE BESIEGT UND BIST UNVERLETZT HIER GELANDET, GERADE FRÜH GENUG –«
»UM UNSERE SEELEN ZU RETTEN!«, unterbrach ihn einer der Piraten.
Alle jubelten laut.
Ich musste lachen. *Ich habe ihre Seelen gerettet?*
Diese Typen waren seltsam, dramatisch und witzig zugleich.
Als ich mich lächelnd umsah, hielt Mary Elizabeth

mir ein Glas Punsch hin. Er roch köstlich nach Früchten und war eiskalt.
Ich hob das Glas und nahm einen Schluck.
Plötzlich wurde mir schwindlig.
Meine Beine wurden schwach. Mir war, als würde der Boden unter meinen Füßen nachgeben und langsam auf und ab schaukeln.
Luft.
Ich brauche dringend Luft.
»Rachel, ist alles in Ordnung mit dir?«, fragte Mary Elizabeth.
»JUUUHUUUU!«
Sie jubeln.
Weswegen?
Was habe ich getan?
»Ich – ich bin okay«, sagte ich.
»Du bist ausgetrocknet. Hier, trink noch was.«
»… SO LASST UNS AUF DIE NEUE BEWOHNERIN VON ONIERON DIE GLÄSER ERHEBEN!«
Ich nahm noch einen Schluck.
Dann schlief ich ein.

Noch eine Nacht.

Bist du jetzt etwa stolz auf dich?

Frag mich das morgen noch mal.

9

»Sie ist krank.«
»Sie ist bloß müde. Sie hat zu viel durchgemacht.«
»Wir hätten keine Party geben sollen.«
»Wessen Idee war es eigentlich?«
»Skippers.«
»Das passt zu ihm.«
Die Stimmen von Wes und Mary Elizabeth drangen in meinen Traum.
Ich war immer noch da. Auf Onieron. Auf dem Pferdewagen, der schwankend und rumpelnd weiterfuhr.
Bei jedem Schlagloch verstärkten sich die dröhnenden Kopfschmerzen in meiner linken Schläfe. »Ohhh«, stöhnte ich.
»Rachel?«, fragte Mary Elizabeth.
»FAHR LANGSAMER, OKAY?«, fuhr Wes den Kutscher an.
»Was ist passiert?«, fragte ich.
»Du bist gestürzt und hast dir den Kopf gestoßen«, erklärte Wes.
»Du warst nicht fit für eine Party«, meinte Mary Elizabeth. »Wir hätten nicht zustimmen sollen.«

»Wer ist dieser Skipper?«, fragte ich. »Lasst mich raten: Ist das hier etwa *Gilligan's Island*?«
Beide sahen mich verständnislos an.
»Stimmt ja, das habe ich ganz vergessen«, sagte ich. »Ihr habt hier ja kein Fernsehen.«
»Skipper ist unser Leiter«, erwiderte Wes. »Na ja, so ungefähr.«
»Was er sagt, wird getan«, fügte Mary Elizabeth hinzu.
»Also ein Diktator«, bemerkte ich.
»Ein Erwachsener«, erklärte Wes.
»Das ist dasselbe.«
Mary Elizabeth lächelte und legte ihren Arm um meine Schultern.
Die Fahrt zu den Hütten kam mir ewig vor. Als ich endlich vom Wagen stieg, musste ich mich auf Wes und Mary Elizabeth stützen.
Ein paar der Arbeiter in Lumpen trugen gerade ein Bettgestell und eine Matratze aus der Hütte der Jungen in die der Mädchen.
»Für dich«, erklärte Mary Elizabeth.
»Aber ... sie holen die Sachen ja aus der Hütte der Jungs«, sagte ich. »Gehört das Bett denn keinem?«
»Es war ein Gästebett«, antwortete Wes.
Ein anderer Arbeiter tauchte aus der Hütte der Jungen auf. Er trug einen Arm voller Zeug – Kleidung, Hüte, Schuhe und ein paar hölzerne Geräte – und verschwand damit hinter dem Gebäude.
»Du hast Glück, ausgerechnet an unserem Putztag

hier aufzutauchen«, sagte Wes und lief hinter den Arbeitern her.

Mary Elizabeth ging auf die Hütte der Mädchen zu. »Komm, Rachel.«

Doch mein Blick wanderte immer wieder nach rechts, auf einen Spalt in den Bäumen, einen grellen Orangeton, der sich gegen das sanfte Lila des Abendhimmels abhob.

Ich wusste, was das war.

Die Wolkenwand.

Sie reflektierte die letzten Sonnenstrahlen des Tages.

Blockierte die Bucht.

Verhüllte Nesconset.

Verhüllte meine Heimat.

Ich ging darauf zu. Um mich herum kamen lauter Jugendliche von der Party zurück. Ein paar von ihnen spielten Ball, andere jagten hintereinander her in einer merkwürdigen Version von »Fang Mich«. Einige rannten laut kreischend in den dunklen Wald.

Sie lächelten.

Alle lächelten ständig.

Sie riefen mir zu und luden mich ein mitzumachen.

Und ich hätte gern mitgespielt. Aber mein Kopf tat so weh.

Schlaf, Rachel.

Aus dem Augenwinkel sah ich Flammen.

Sie flackerten hinter der Hütte der Jungen auf.

Auf einer Lichtung zwischen der Hütte und dem Wald brannte ein Feuer. Wes stand daneben und gab ein paar Arbeitern ein Zeichen. An der Wand der Hütte stapelte sich lauter altes Zeug, das mit einem Segeltuch bedeckt war.
Ich ging näher ran. Die Flammen wurden stärker; sie stiegen hoch und streckten sich hinauf in die Baumlücke, als wollten sie die Wolkenwand erreichen und die ganze Welt in orangefarbenes Licht tauchen.
Wes wirbelte herum und kam lächelnd auf mich zugelaufen. »Was machst du hier, Dornröschen?«
»Ich dachte, ich bin Cinderella«, gab ich zurück.
»Wenn du dich nicht bald hinlegst, wirst du eine böse Stiefschwester werden.«
Im Licht der Flammen entdeckte ich einen Gegenstand, der unter dem Segeltuch hervorlugte. Es war ein Stofftier.
Ein kleiner Hase mit weißem Fell.
Fluffy.

Er hat seinen Hasen immer mit ins Bett genommen.
»Wes«, fragte ich, »wem gehören die Sachen?«
Er nahm mich am Arm und brachte mich zur Hütte der Mädchen zurück. »Das ist Gerümpel. Altes Zeug, das keiner mehr will.«
Hör auf damit, Rachel.
Alles brachte Erinnerungen zurück. Ich musste immer wieder an Colin denken.

Beruhige dich.

Hab Vertrauen.

Glaube daran, dass er überlebt hat.

Plötzlich zog Carbo mich weg. »Komm mit! Vanessa sagt dir die Zukunft voraus! Ganz billig.«

Wes ließ meinen Arm los und Carbo führte mich zu einem Kreis von Kindern, die mitten auf dem Feld saßen. Alle lachten wie verrückt.

Einen Augenblick später befand ich mich mitten im Kreis und Wes rannte wieder zu dem Feuer zurück.

Vanessa war ein schwarzhaariges Mädchen mit intensiven, dunklen Augen, die mich über einem schwarzen Schleier anstarrten. Sie nahm meine Hand und betrachtete sie sorgfältig. »Rachel, du tauchst aus der Dunkelheit auf. Jetzt beginnt eine neue Lebensphase für dich. Die Leute um dich herum werden in deiner Zukunft eine wichtige Rolle spielen.«

Ich hoffe es.

Ich dachte schon wieder an morgen.

Daran, all dies hier hinter mir zu lassen.

»Ich spüre Freude in deiner Seele, Rachel. In einer Ecke, die lange, lange Zeit verschlossen war.«

Ja.

Ich spürte, wie sich mir die Kehle zuschnürte.

Alle sahen mich an. Alle lächelten.

Nimm es nicht ernst.

Es ist nur ein Spiel.

Mit lauter Fremden.

»Und du kannst hier bleiben.« Vanessas Blick war wie eine Umarmung. »Du kannst bleiben, solange du willst.«

Sie hat angebissen.

Sie ist glücklich.

10

Ich hörte ein Quietschen.
Die Türbeschläge mussten dringend geölt werden.
Ich war sicher, dass gleich die ganze Hütte aufwachen würde.
Nein.
Alle schliefen fest.
Sie schlafen fest auf Onieron. Schlafen fest und spielen bis zum Umfallen.
Es musste schon früher Morgen sein, doch ein paar der hartgesottensten Campbewohner rannten immer noch lachend in der Gegend herum.
Vanessa. Randy. Tim. Jennifer. Barbara.
Mittlerweile kannte ich schon einige beim Namen.
Alle waren echt cool. Sogar Carbo.
Und sie blieben auf, solange sie wollten.
Wie sie es immer taten.
Jeden Abend.
Ich musste kichern.
Dabei kichere ich *nie*. Na ja, nicht mehr seit meinem zehnten Lebensjahr.
Was war los mit mir?

Es war doch bloß mitten in der Nacht. Ein paar alberne Spiele. Nichts Wichtiges.

Spaß.

Man nennt es Spaß, Rachel.

Ich war hellwach.

Doch mir war klar, dass ich versuchen musste ein paar Stunden zu schlafen. Morgen würde ein großer Tag werden.

Ich würde zu Mom und Dad zurückkehren. Zu Seth und Mr Havershaw. Und zurück in die Schule.

Schlagartig sank meine Stimmung.

Ich betrat den stillen, dunklen Raum. Da ich Durst hatte, ging ich ins Bad. Ich musste blinzeln. Hoffentlich würden meine Augen sich bald an die Dunkelheit –

Ein lautes Scheppern ertönte.

Mein Fuß war gegen einen Blecheimer gestoßen.

»Entschuldigung«, murmelte ich.

Keine Antwort.

Es kümmert niemanden.

Toll.

Echt cool.

Zu Hause hätten sie mich dafür wie einen ungehorsamen Hund behandelt.

Sitz, Rachel. Bring den Stock, Rachel. Pfötchen, Rachel. Braves Mädchen.

»Wuff, wuff!«

Ich konnte es selbst nicht glauben. Ich *bellte.*

Rachel, du bist total bescheuert.

Nein, nicht bescheuert.
Glücklich.
Ich hob den Eimer auf. Er war leer. Ich stellte ihn auf einen Tisch und schob einen Haufen Klamotten beiseite.
Etwas fiel dumpf auf den Boden.
Es waren nicht nur Klamotten gewesen. Unter dem Kleiderberg hatte ein Buch gelegen. Jetzt lag es auf dem Boden, da, wo der Eimer gestanden hatte.
Tollpatsch.
Ich bückte mich und hob es auf.
In dem schwachen Dämmerlicht, das durch das Fenster schimmerte, konnte ich erkennen, was es war. Ein Fotoalbum. Das Album, das ich vorhin im Bad entdeckt hatte. Das Buch, das Mary Elizabeth mir weggenommen hatte.
Es gehört dir nicht.
Du hast nicht gefragt, ob du es dir ansehen darfst.
Würde *ich* mir jemals fremde Fotos ansehen ohne vorher um Erlaubnis zu bitten? *Ich*?
Ich ging ins Badezimmer.
(Also gut: Ich *liebe* es, anderer Leute Fotos anzusehen. Das war schon immer so. Es ist eine meiner Schwächen.)
Ich sah zwei Kerzen an der Wand. Darunter stand ein komischer kleiner Anzünder. Vorsichtig und leise zündete ich die Kerzen an und machte die Tür zu.
Die Buchstaben NJHS hoben sich vom Buchdeckel ab. Genau so, wie ich sie vorhin gesehen hatte.

Doch jetzt entdeckte ich darunter Gekritzel.
Ein Datum.
Ein sehr altes Datum.
Es lag sechzig Jahre zurück.
Merkwürdig.
Ich klappte das Buch auf.
Jede Seite war voller alter Schwarz-Weiß-Fotos mit gewellten Rändern, die mit Fotoecken im Album befestigt waren.
Jungen, die seltsame Klamotten und komische Haarschnitte trugen. Mädchen, die geziert und steif herumstanden.
Ich wollte das Buch gerade wieder zumachen, als ich ein vertrautes Gesicht sah, das mich angrinste.
Es war Wes.
Nein. Das ist jemand, der ihm ähnlich sieht. Vielleicht sein Großvater.
Ich hielt das Buch näher ans Licht.
Der Typ war Wes wie aus dem Gesicht geschnitten.
Jetzt blätterte ich Seite um Seite um. Die Bilder waren klein. Viele waren verschwommen. Ich glaubte ein Gesicht zu sehen, das wie Carbo aussah, aber ich war nicht sicher.
Dann hielt ich inne. Bei einem Foto, das eine Gruppe von Schülern in der Sporthalle zeigte.
Im Hintergrund, vor der Wand, versuchte jemand sein Gesicht zu verbergen.
Es war Colin.
Das ist unmöglich.

Schau dir die anderen Bilder an.
Noch eine Seite ... und noch eine ...
DA.
Ich erstarrte.
Diesmal erkannte ich drei der Gesichter.
Links war Mary Elizabeth zu sehen. Wes war rechts.
Doch ich starrte einen dritten Jugendlichen an, der zwischen ihnen stand.
Dunkles Haar, etwas übergewichtig. Ich war sicher diesem Jungen auf Onieron nicht begegnet zu sein.
Und dennoch kannte ich ihn.
Sein Lächeln hatte etwas Vertrautes. Und die Augen.
Sie erinnerten mich an jemand anderen ...
Dann las ich eine verblasste Notiz, die unter das Bild geschrieben war:

In der Highschool müssen wir unserer Berufung folgen:
Sportler? Wissenschaftler? Lehrer? Hausbauer?
Nur du wirst all das werden.
Herzlichen Glückwunsch zum fünfzehnten Geburtstag, Clemson Childers.
Ich kann deine Geburtstagskreuzfahrt kaum erwarten!
Danke für die Einladung.
Liebe Grüße,
Mary Elizabeth

Das Buch. Hätte ich doch bloß das Buch zerstört.

11

Moment mal!

Hol tief Luft.

Denk nach.

Ich atmete viel zu schnell.

Noch vor einer Minute hatte alles einen Sinn ergeben.

Noch vor einer Minute war alles in Ordnung gewesen.

Er ist es.

Das ist Opa Childers.

Er lächelte mich an. So wie er es immer tat. Mit einem winzigen Funkeln in den Augen, das mir sagte: »Ich kenne dich genau. Ich weiß, was du jetzt denkst.«

DENKE SCHARF NACH!

Ich las die Worte noch einmal *(Ich kann deine Geburtstagskreuzfahrt kaum erwarten! Danke für die Einladung)*, betrachtete die Gesichter meiner beiden Freunde *(dasselbe Alter, alle im selben Alter)* und blätterte zurück, bis ich *ihn* wiederfand *(ja, das ist Colin, der hat auch hier gelebt)*. Meine Gedanken schlugen Funken und entfachten sich wie die Flammen draußen vor der Hütte *(es war Fluffy, sie haben Fluffy mit den anderen Sachen ins Feuer geworfen – mit SEINEN Sachen)* und in diesem Augenblick stand die Welt Kopf, wurde von innen nach außen gekehrt, bis alles so *verrückt* war, dass es schon wieder einen Sinn ergab, einen grausigen Sinn –

Sie sind alle auf seiner Geburtstagskreuzfahrt dabei gewesen.

Damals, als die Wolkenwand zuletzt auftauchte.

Opa Childers war der Einzige, der die Kreuzfahrt überlebt hat. Der Einzige, der …

Der *was* hat?

Überlebt?

Ja.

Und nein.

Der Einzige, der zurückgekehrt ist. Nach Nesconset.

Die anderen sind nicht zurückgekehrt.

Sie sind hier.

Und sie haben sich nicht verändert.

Sie sind keinen Tag älter geworden.

»Rachel?«

Das war Mary Elizabeths Stimme.

Ich sprang so hastig auf, dass ich beinahe die Kerze umgeworfen hätte.

»Rachel, bist du da drin? Ist alles okay?«

»ALLES BESTENS!« *Das war zu laut. Bleib ruhig.*

»Brauchst du irgendwas?«

»Ich –«

Lass es.

Sag es ihr nicht.

Du kannst ihr nicht vertrauen.

Sie wollte nicht, dass du dieses Buch siehst. Sie hat es dir weggenommen.

»Ich hole mir nur ein Glas Wasser«, rief ich.

»Okay. Gute Nacht.«

»Nacht.«

Ich musste weg von hier.

Ich musste allein sein.

Weg von Mary Elizabeth.

Ich schaute aus dem Fenster.

Einer der Arbeiter war noch draußen. Er ging wie ein Wachposten vor den Hütten hin und her.

Das Lagerfeuer brannte noch und im Schein der Flammen konnte ich auf seinem zerfetzten Leinenhemd verblichene Wortfetzen erkennen.

REIS

MPORTEUR FÜR SEINE MAJES ÖNIG

OSTIND 1759

Das Hemd war aus einem Reissack genäht.

Vor über zweihundert Jahren.

Wie Gefangene, die von Piraten herumgescheucht werden.

Mir fiel etwas ein. Etwas, das ich in Geschichte gelernt hatte.

Die britische Regierung schickte ihre Gefangenen weg. Weit weg vom Mutterland.

Nach Australien.

In ihre Kolonien.
Nach Amerika.
Vor meinen Augen tauchten Bilder von der Party auf, die verschiedenen Verkleidungen – die Uniformen aus dem Zweiten Weltkrieg, die Pilgerkostüme –
Schiffsunglücke.
Die Bucht von Nesconset ist berühmt dafür.
Sie verschwanden und tauchten nie wieder auf.
Von den Wolken verschluckt.
Schiffe aus dem sechzehnten und siebzehnten Jahrhundert.
Ein U-Boot aus dem Zweiten Weltkrieg.
Opa Childers Geburtstagskreuzfahrt.
In meinem Kopf entstand ein Gedanke, der so irre war, dass ich darüber laut lachte.
Sie sind gar nicht verschwunden, nicht wahr?
Sie sind alle hier.
Alle Schiffbrüchigen.
Hier auf Onieron, der Insel, auf der niemand älter wird.
Sie sind einfach durch die Wolke hindurchgeschwommen.
Von einer Seite auf die andere.
An einen Ort, den keiner jemals zu sehen kriegt.
Plötzlich fielen mir Captain Neils Worte wieder ein. Was er über die Wolken gesagt hatte.
Vierundzwanzig Stunden. So lange hielt sich die Wolkenwand. Danach –
»Puff – dann ist sie spurlos verschwunden.«
Verschwunden.

Nach vierundzwanzig Stunden verschwanden die Wolken.

Und mit ihnen auch alles andere, Rachel.

Wenn die Wolken verschwunden sind, was sieht man dann, Rachel?

Nichts.

Keine Insel.

Kein Onieron.

»Oh Gott …«, murmelte ich.

»Rachel?«

Wieder Mary Elizabeths Stimme. Diesmal lauter. Drängender.

»Rachel, hast du … das Buch gesehen?«

Ich versuchte zu antworten, doch die Worte blieben mir im Halse stecken.

»RACHEL?«

Sie weiß es.

Sie weiß, dass ich es weiß.

Jetzt rüttelte sie an der Tür.

Sie rüttelte laut.

Sie wollen, dass ich bis zum Morgen bleibe.

»Dann ist alles wieder normal.« Das hatte Wes gesagt.

Ja – normal für sie.

Denn sie sind schon seit sechzig Jahren hier.

Und jetzt wollen sie mich.

WARUM NUR?

Ich ließ das Buch fallen und sah aus dem Fenster.

Der Wachmann bog gerade um die Ecke.

Verschwinde.

Irgendwohin.
Such ein Boot.
Schwimm, wenn es nicht anders geht.
Ich hievte mich auf das Fenstersims und kletterte hinaus.
Sobald ich auf dem Boden aufkam, begann ich zu rennen.

Sie können sie nicht zurückhalten.

Es bleibt ihnen nichts anderes übrig.

12

Schneller.
Hinter die Hütte. Auf den pechschwarzen Wald zu.
Ich stieß mit aller Wucht gegen etwas. Als wäre ich gegen einen Baum mit Armen gerannt.

»Wo willst du denn hin?«
Ich konnte ihn nicht sehen.
Aber ich erkannte seine Stimme.
Es war Wes.
»LASS MICH LOS!«, schrie ich.
Die Hände.
Was sind das für Hände?
Die eines Toten?
Eines Gespenstes?
Eines Fünfundsiebzigjährigen, für den die Zeit stehen geblieben ist?
Ich riss mich los und versuchte wegzulaufen.
Wes verstellte mir den Weg. »Wo willst du hin?«
»In den Wald. Weg von hier.«
»Das kannst du nicht machen!«
»Wollen wir wetten?«
Ich tat so, als würde ich ihn angreifen, und setzte zur

Flucht an, doch wieder verstellte er mir den Weg.
»Rachel, was ist bloß in dich gefahren?«
»ICH WEISS, WER IHR SEID.«
»Klar weißt du das –«
»Nein, ich weiß es *wirklich*. Ihr wart die Freunde meines Großvaters. Ihr alle – auch Colin! Ihr habt ihn gekannt und versucht jetzt eure Spuren zu verwischen –«
»Rachel, du bist übermüdet –«
»MACH MIR NICHTS VOR, WES! Ihr wart auf einer Kreuzfahrt – vor sechzig Jahren – und habt euch in der Wolkenwand verirrt. Ihr seid hier gelandet und geblieben – er aber konnte sich in die wirkliche Welt retten! Das stimmt doch, oder? Und versuche bloß nicht, mich anzulügen!«
»Ja«, sagte Wes.
»Ja – was?«
»Es stimmt.«
»Ehrlich?«
»Jedes Wort.«
Er gibt es zu.
Er sah mir direkt in die Augen.
»Dann … dann habt ihr mich angelogen«, sagte ich.
»Notlügen«, meinte Wes sanft. »In deinem eigenen Interesse. Um dich zu schützen.«
»Vor was, Wes – vor der Wahrheit über die Wolkenwand? Sag mir, was passiert, wenn sie verschwindet. Dann verschwindet auch die Insel, nicht wahr?«
Wes schüttelte den Kopf. »Nein, Rachel. Wir bleiben

hier. Wir bleiben genau da, wo wir jetzt sind. Es ist *deine* Welt, die dann verschwindet.«

»*Meine* Welt?«

»Wenn die Wolke sich auflöst, sehen wir eure Welt nicht mehr. Für uns ist sie verschwunden.«

Zwei Wirklichkeiten. Eine hier. Die andere dort.

Sie existieren nicht nebeneinander.

Außer in den Stunden, wenn sie von der Wolke zusammengebracht werden.

»Aber meine Welt *ist* doch auch deine Welt, Wes!«

»Nicht mehr. Ich kann nie mehr zurück.«

»Colin hat es geschafft! Er ist durch die Wolken nach Nesconset geschwommen.«

Seine Miene verhärtete sich. »Er hat uns verraten, Rachel. Er hätte uns beinahe zerstört. Und er hat dafür bezahlt.«

»Wieso euch verraten? Es ist doch sein Leben –«

»Es gibt hier Gesetze. Gesetze, von denen du nichts weißt –«

»Es war seine eigene Entscheidung, Wes. Sein Leben. Also verstell mir nicht den Weg, denn es ist auch meine Entscheidung.«

»Ist es das? Ist es das, was du wirklich willst?«

Ist es das wirklich?

Die Frage quälte mich.

Ich versuchte Ja zu sagen.

Doch ich konnte es nicht.

Wes sah mich lange an. Dann trat er beiseite.

Er ließ mich gehen.

Ich war frei.
Vor mir lag der Weg, der in den Wald führte.
Geh.
Ich wollte loslaufen. Mein Herz klopfte wild, meine Beine waren startbereit.
Doch ich blieb wie gelähmt stehen.
»Was ist?«, fragte Wes.
»Ich – ich –«
GEH!
»Was ist los, Rachel?«, fragte er. »Ist es die Vorstellung, alt und krank zu werden? Die Tatsache, dass du sehr bald in die Welt der Großen eintauchen wirst – willkommen in der Welt der Erwachsenen! Das wird wirklich lustig. Oder hast du vielleicht den Gesichtsausdruck deiner Eltern vor Augen, wenn sie dich wieder sehen?«
Ich stellte mir Dad vor *(Wie konntest du uns so zu Tode erschrecken? Wie konntest du diese Kreuzfahrt ruinieren?)*, Mom *(Wer war dieser Junge, Rachel? Sag mir sofort, wie er heißt – ich werde seine Eltern anzeigen)* und Seth *(ich hab allen in der Schule erzählt, du seist mit einem Aushilfskellner durchgebrannt)*. Dann versuchte ich mir vorzustellen, was ich Opa Childers sagen würde *(Sie sind alle noch am Leben, genau wie Colin)*, und hatte seinen Gesichtsausdruck vor Augen. Er sah nicht glücklich aus, weinte und starrte mit einer wehmütigen Sehnsucht aufs Meer, die mir das Herz brach –
Ich kann nicht.

Alles hat sich verändert.

Ich kann nicht mehr zurück.

»Clemson würde wollen, dass du hier bleibst«, sagte Wes leise. »Das weißt du genauso gut wie ich.«

Ja. Er würde es wollen und er würde es sagen.

»Aber – aber er würde es nicht *meinen*«, sagte ich. »Nicht wirklich. Er liebt mich –«

»Und er will, dass du ewig lebst. Wenn er hier bei dir sein könnte, würde er das wollen, das weißt du. Aber er ist dort, Rachel. Und er wird bald von euch gehen. Alle werden früher oder später von euch gehen. Am Ende hast du bloß noch *Rachel*. Und wer *ist* das? Ein Mädchen, das du noch gar nicht kennst. Ein Mädchen, das du nicht kennen kannst. Dessen Seele mit Füßen getreten wird.«

Ich hatte das Gefühl, als würde Wes mich wie ein Buch öffnen und das Inhaltsverzeichnis vorlesen.

Ich schaute hinter ihn. In den dunklen Wald.

In der Ferne hörte ich ein plätscherndes Geräusch.

Das war der Strand, der mich rief.

Der Strand und die Wolkenwand.

Die mich fast umgebracht hätte.

Die mich in der Dunkelheit sicher umbringen wird.

Also was ist nun, Rachel?

Dort drüben der Tod?

Oder hier das Leben?

»Wenn du es versuchen willst, solltest du bis morgen früh warten, wenn es hell wird«, sagte Wes.

»Aber morgen früh ist die Wolkenwand weg.«

Er nickte. »Ja. Aber es wird wieder eine geben.«
»Wann?«
»Bald.«
»Wie bald?«
Wes nahm meinen Arm. »Die letzte kam mir vor wie gestern.«
Wir machten uns auf den Rückweg. Und kamen an dem noch immer lodernden Feuer vorbei.
»Hat es seit eurem Unfall viele gegeben?«, erkundigte ich mich.
Wes schwieg.
Eine kleine Gruppe hatte sich vor den Hütten versammelt und kam nun auf uns zu.
Ich erkannte Mary Elizabeth. Carbo. Barbara.
»Hat es in den letzten sechzig Jahren *überhaupt* welche gegeben?«, beharrte ich. »Eine einzige?«
Plötzlich packte Wes mich fester am Arm.
»GREIFT SIE EUCH!«, rief Mary Elizabeth.
Die Menge kam unaufhaltsam näher.

13

Ich trat Wes vors Schienbein.
Mit aller Kraft.
»AAAUUU!«
Er wich zurück und ließ eine Lücke zwischen sich und der Hütte.
Ich rannte auf sie zu.
Er verfolgte mich.
Die Gruppe kam immer näher. Sie war jetzt höchstens zwanzig Meter hinter mir.
Als ich zurückblickte, stolperte ich über etwas.
Eine Schaufel, die an der Wand lehnte.
Ich stürzte zu Boden.
Nimm sie.
Meine Hände umklammerten den Griff und ich stand auf.
Keine Zeit zum Nachdenken.
Dann rannte ich zum Feuer und stieß die Schaufel hinein.
Ich hob ein bisschen von der rot glühenden Masse auf. Als ich sie in den Wald warf, sprühte sie Funken wie ein Komet.
Zuerst fing das Gras Feuer. Die Flammen griffen so-

fort auf das Unterholz über und fraßen sich wie ein Feuerteppich weiter nach hinten.
»RACHEL!«, brüllte Wes.
»Was machst du da?«, rief Mary Elizabeth flehend.
Ich häufte weiter brennende Asche auf die Schaufel und drehte mich zu Wes um.
Er wich zurück. »Rachel, wir sind nicht deine Feinde. Tu das nicht!«
»Du siehst aus, als hättest du Angst«, sagte ich. »Warum? Ihr seid doch unsterblich, oder nicht?« Ich wandte mich an die Gruppe. »ODER NICHT?«
Sie stoben auseinander. Rannten, um Wasser zu holen.
Ich sah, dass die Flammen an den Baumrinden züngelten. Höher stiegen. Ich spürte die Hitze des entstehenden Brandes.
Und jenseits der Flammen nahm ich eine Gestalt im Wald wahr. Den Schatten eines Mannes. Er war gebückt, hatte einen Bart und trug einen langen Regenmantel.
Er sah mich an.
Wie erstarrt blieb ich stehen. Ich wollte, dass er sich im Licht zeigte.
Doch er rührte sich nicht von der Stelle.
»Hast du den Verstand verloren?«, schrie jemand.
Vielleicht.
Ich warf die Schaufel beiseite und rannte vom Feuer weg in die Dunkelheit hinter den Hütten – zwischen die Bäume.

Schützend streckte ich meine Arme vor mir aus und kämpfte mit Ästen und Zweigen. Meine Füße versanken im sandigen Boden. Dornenbüsche zerkratzten mir die Knöchel. Ich rannte so schnell, dass meine Oberschenkel schmerzten.

Folge der Brise.

Dem Meeresrauschen.

Wo war es?

Ich hatte mich verlaufen.

Wie blind rannte ich jetzt weiter.

Plötzlich hob sich der Boden vor mir und ich zog mich an Grasbüscheln und Kletterpflanzen hoch. Ich stolperte und keuchte –

Dann stürzte ich und fiel kopfüber in den Sand. Hatte Sand in meinem Haar, meinen Augen und in meinem Mund.

Er brannte und kratzte in meiner trockenen Kehle. Hustend stand ich auf. Ich versuchte das Gleichgewicht wiederzuerlangen und wankte auf die Umrisse eines alten Schiffsrumpfes zu.

Was ist das?

Ein Boot.

Es war ein Boot und ich war am Strand.

Allein.

Ich hörte die Menge. Irgendwo weit weg.

Ich betastete das Boot. Es war ganz aus Metall und hatte abgerundete Seiten mit einem riesigen gezackten Riss. Das Dach war flach.

Ein U-Boot.

Na toll. Und nun? Soll ich jetzt mit Kriegsgebrüll und Volldampf abdüsen?
Die Stimmen kamen näher.
Ich sah auf das Wasser.
Im Mondschein wirkte die Wolkenwand dick und düster. An ihrem Ende führte ein Pfad aus Bernstein und Weiß zum Ufer und beleuchtete einen kurzen, klapprigen Bootssteg.
Zwei Ruderboote waren daran festgebunden.
Schritte.
Sie kamen immer näher.
LOS.
Ich rannte auf den Steg, band eines der Boote los und sprang hinein.
Dann stieß ich mich mit Schwung vom Ufer ab. Während das Boot sanft aufs Meer hinausschaukelte, setzte ich mich und steckte die Ruder in die Schlaufen.
Dann steuerte ich genau auf die Wolkenwand zu.
Näherte mich ihrem Zentrum.
Ich hörte das erwartungsvolle, hungrige Dröhnen.
Los.
Ich zog das rechte Ruder heftig nach hinten; das Boot fing an sich im Kreis zu drehen. Immer wieder zog ich, doch das Boot drehte nicht nach rechts ab. Es kämpfte gegen mich an.
Ich ruderte noch heftiger, doch jetzt trieb das Boot in die falsche Richtung – es bewegte sich rückwärts.
Rückwärts?

Ich warf einen Blick über meine Schulter und sah einen Umriss im Wasser.
Es war Wes.
Er zog mich am Bootstau zurück an Land. Dann kletterte er auf den Steg.
Ich ließ die Ruder los.
Und dann sprang ich.

Sie flieht.

Sie weiß nicht, was das für Folgen hat.

Sie ist ein Mensch. Wie du.

14

»Rachel!«

Schwimm.

Schwimm, so schnell du kannst.

Meine Arme taten mir weh, doch ich kraulte, so schnell ich konnte, auf die Wolkenwand zu.

Das Zischen war jetzt ganz laut und verwandelte sich in ein tiefes, dumpfes Dröhnen.

Ich kämpfte gegen meine Erinnerungen an. Erinnerungen an Colin, der in dem Dunst versunken und dort zu Tode gekommen war –

Denk nicht dran.

Schwimm weiter.

Plötzlich spürte ich, dass etwas mein Bein umklammerte.

Ich wurde unter Wasser gezogen.

Wild rudernd tauchte ich wieder auf.

Jetzt hielt Wes meinen Arm fest. Keuchend zog er mich zum Bootssteg zurück. »Das ... kannst du ... nicht machen!«

»Ich will mein Leben wiederhaben!«, rief ich. »Meine *eigene* Welt!«

»WENN DU GEHST, BRINGST DU UNS ALLE UM!«

»Was?«

Während er mich immer noch am Arm festhielt, packte er einen der Pfeiler des Stegs. Sein Gesichtsausdruck war gequält und verzerrt. »Das ist das Gesetz auf Onieron. Jeder kann die Insel betreten – aber wenn wir eine Seele verlieren, wird Onieron zerstört.«

»Aber Colin hat sie längst verlassen und ihr seid trotzdem noch hier!«

»Bis die Wolkenwand verschwindet!«

»Und dann werdet ihr alle sterben?«

»Ja!«

»Das glaube ich nicht! Colin ist doch kein Mörder. So etwas würde er nicht tun!«

»Er hat die Insel gehasst. Genau wie du. Er wollte zurück und alt werden.«

»Und dafür würde er euch alle aufs Spiel setzen? Und mich hierher bringen – damit auch ich sterbe?«

»NEIN –«

»Wenn ihr sowieso alle zum Sterben verurteilt seid, dann GEHT DOCH! Kommt mit mir!«

»DU VERSTEHST ES NICHT! Colin hat dich hergebracht, um uns zu retten, Rachel! Solange du hier bist, bleiben wir am Leben.«

»Aber du hast doch gerade gesagt, wenn jemand Onieron verlässt, wird die Insel zerstört.«

»Ich habe gesagt, *wenn wir eine Seele verlieren*. Aber das haben wir nicht. Wir haben jetzt dich. Du bist an Colins Stelle getreten.«

Wir paddelten beide im Wasser und sahen uns an. Sein intensiver Blick durchschnitt die Dunkelheit.

Das große Zuckergebirge.

»Wo keiner jemals älter wird.«

Das hatte Colin gesungen.

Doch das war nicht der Text des Lieds. Er hatte die Zeile erfunden.

Um zu sehen, wie ich darauf reagieren würde.

Um zu sehen, wie sehr ich mein altes Leben hasste und ob ich für die Unsterblichkeit geeignet war.

Und ich hatte ihm meine Zustimmung gegeben.

»Also bin ich …«

»Ein Tauschobjekt.«

Nein.

Kein Tauschobjekt.

Bei einem Tausch bekommt man etwas zurück.

»Wes, ich … ich wurde geopfert.«

»Es ist kein Opfer, wenn niemand stirbt«, sagte Wes. »Und hier wirst du niemals sterben. Du wirst eine von uns sein.«

»Gefangen!«

»Keine Sorgen. Kein Stress –«

»Kein Wachstum!«

»Wer braucht schon Wachstum?«

»Alles, was *lebt*! Ihr lebt ja gar nicht, ihr … ihr seid …«

Tot.

Sprich es aus, Rachel.

Alles, was nicht wächst, ist tot.

Sie sind nicht wirklich.
Sie sind Gespenster. Zombies.
Ich schluckte die Worte hinunter.
Jetzt hörte ich Stimmen, die aus dem Wald kamen.
Wes drehte sich um. »HIER DRÜBEN!«, schrie er.
LOS!
Du bringst sie nicht um, Rachel.
Man kann nichts umbringen, was schon tot ist.
Ich stieß mich mit aller Kraft ab.
Wes rutschte vom Pfeiler ab. Er ließ meinen Arm los.
Sofort tauchte ich wieder ins Wasser zurück.
Dann schwamm ich los, ohne Rücksicht auf meine schmerzenden Arme und das Wasser in meinen Lungen.
Auf das Tosen und den Dunst zu.
Das Meer war zwar eiskalt und schwarz, doch ich wusste genau, in welche Richtung ich schwimmen musste.
Wes verfolgte mich. Ich hörte seine Stimme. Seine Arme, die durch das Wasser peitschten.
Bald wurde das Geräusch von dem Zischen gedämpft und dann ganz verschluckt.
Ich steuerte nach links. Mir war klar, dass er mich nicht sehen konnte, und ich hoffte, dass er mich auch nicht hörte.
Der Rand der Wolkenwand kam immer näher. Ihre Nebelarme wickelten sich um mich.
Ich warf einen raschen Blick zurück.

Wes war verschwunden.
Ich war frei.
Oder tot.
Was auch immer – alles war besser als Onieron.
Jetzt konnte ich den Dunst schmecken.
Während das Wasser unter mir anschwoll, wurde ich auf- und abgetragen.
Gleich darauf verlor ich die Kontrolle über meinen Körper.
Mein Kopf tauchte ohne Vorwarnung unter Wasser. Die Wellen schleuderten mich hin und her. Ich konnte nur noch durchhalten.
Atmen.
Am Leben bleiben und versuchen in dem schwachen Mondlicht, das durch den Nebel drang, die Wellen zu erkennen.
Ein Boot.
Verschwommen tauchte es in meinem Blickfeld auf. Ein grauer Umriss. Ein Schatten in einem Schatten, der auf den Wellen ritt. Darin saß eine gespenstische Gestalt in einem zerlumpten Mantel mit Kapuze und ruderte mit einer Gelassenheit, die unheimlich war.
Der Tod.
Das war er.
Ein Gespenst.
Ein Führer in die nächste Welt. Ins *Jenseits.*
Im nächsten Augenblick war er weg und ich befand mich unter Wasser *(ich kriege keine Luft)* und meine

Kräfte ließen nach *(kalt, mir ist so kalt)*. Plötzlich waren meine Arme schwer wie Blei und mein Körper sank tiefer und tiefer *(schlafe, Rachel, schlafe)* und ich sah meine weinenden Eltern *(Opa Childers, wo ist Opa Childers?)*. Dann sah ich den Strand von Onieron, auf dem sich die Überlebenden versammelt hatten *(auch sie weinten, weil ich es getan hatte; ich hatte sie zerstört)*, und danach wurde alles um mich herum schwarz.

Wir haben sie verloren.

Wir haben ihn verloren.

Wen?

15

In meinem Traum schwebe ich und bin glücklich; die Fische gleiten um meinen Körper herum und ich tauche durch lila und weiße Korallentore hindurch …

»Rachel …«

… und irgendjemand ruft meinen Namen, es ist der lieblichste Klang auf der Welt, er ist stark und gleichzeitig tröstlich. Der einzige Mensch, den ich kenne und der so spricht, ist …

»Rachel!«

… ist Opa Childers, aber Opa Childers ist nicht in meinem Traum (wo ist er?)*, denn nur meine Eltern und Seth weinen, und plötzlich wird mir klar, dass sie nicht nur meinetwegen weinen, sondern auch seinetwegen. Das ist das Schlimmste, das Allerschlimmste, was ich mir vorstellen kann, denn …*

»Uhhh …«

… das bin ich, irgendwas hat sich um meinen Bauch gewickelt (lass mich in Ruhe) *und ich spüre, wie ich von meiner Vision weggezerrt werde. Ich will sie wiederhaben, ich will den Teil mit Opa Childers irgendwo anders, irgendwo an einem glücklichen Ort –*

»Rachel, dir ist nichts passiert.«

Der Traum stob auseinander wie Asche.
Ich war am Leben.
Ich saß auf festem Untergrund, auf einem Stuhl.
Ein starker Arm hielt mich fest und wickelte einen Regenmantel um meinen Oberkörper.
Ich versuchte meinen Retter anzusehen, doch der Wind spritzte mir Wasser ins Gesicht.
Aber ich erkannte ihn trotzdem.
Den struppigen, weißen Bart.
Das zerfurchte Gesicht.
Die stahlblauen Augen.
»Opa Childers?«
»Halt still, Kleine.«
Ja.
Nein.
Er war es nicht.
Er sah ihm aber ähnlich und er klang genauso.
Doch er war ein Fremder.
»Danke«, sagte ich schaudernd.
»Wie heißt du?«, fragte der alte Mann.
»Rachel Childers. Und Sie?«
Er lächelte. »Die Leute nennen mich Skipper.«
Ich wich zurück. »*Sie* sind Skipper?«
Nein.
Bitte nicht.
Ich überlegte, ob ich springen sollte.
Noch einmal versuchen sollte die Wolkenwand zu erreichen.
Aber mir fehlten der Mut und der Wille dazu.

Ich konnte meine Tränen nicht zurückhalten. Sie vermischten sich mit dem kalten Regen auf meinen Wangen.

Jetzt hatte er mich.

Sie hatten mich.

Nun war ich eine von ihnen.

Für immer.

Skipper steckte die Hand zwischen seine Stiefel und hob einen nassen Leinenbeutel auf. »Tu mir einen Gefallen. Gib das dem Besitzer zurück. Ich glaube, er wird sich darüber freuen.«

Er hielt mir den Beutel hin und ich nahm ihn entgegen. »Wer – wo –?«

»Pssst.« Sanft legte der alte Mann seinen Zeigefinger auf meinen Mund. »Jetzt geh. Das Boot wird dich auf die andere Seite bringen.«

»Aber – die Insel – all die Leute –«

»Lass das meine Sorge sein.« Der Alte lächelte. »Und richte allen aus, dass es Clemson Childers gut geht.«

Clemson Childers?

Ohne ein weiteres Wort stürzte sich Skipper plötzlich über Bord.

»WARTEN SIE!«, schrie ich. »WO WOLLEN SIE HIN?«

»Du brauchst bloß nach links zu steuern!«, rief Skipper zurück. »Dann kommst du durch!«

Er wandte sich um und fing an mit starken, gleichmäßigen Armbewegungen nach Onieron zu schwimmen.

Einen Augenblick später wurde er vom Dunst verschluckt.
Ich war allein.
Gerettet von
Clemson Childers.
Dem Ersten.
Meinem Ururgroßvater.
Dem Kapitän der Kreuzfahrt an Opa Childers' Geburtstag.
Skipper.
Ich machte den Beutel auf.
Drinnen lag, völlig durchnässt und aufgeweicht, der weiße Stoffhase.
Fluffy.
Ich legte ihn wieder in den Sack und verstaute ihn sorgfältig unter meinem Sitz.
Dann fing ich an zu rudern.
Ich steuerte nach links.

Er ist sehr geschwächt, doch er hat es geschafft. Schwimmend.

Wer?

Childers. Er ist nicht so gebrechlich, wie er aussieht.

Aber das Mädchen wird immer noch vermisst.

Nein.

Doch.

Nein! Ich kann sie sehen! Sie sitzt in einem Boot!

16

Ich versuchte ans Ufer zu rudern, doch ich konnte es nicht.

Meine Arme hatten aufgegeben.

Im schwachen Licht vor der Morgendämmerung wirkte Nesconset so still und silbrig wie ein altes Schwarz-Weiß-Foto. Mein Boot glitt von allein vorwärts und sein Bug schnitt durch die glasige Oberfläche des ruhigen Wassers. Hinter mir wirkte die Unruhe der Wolkenwand wie ein Rückenwind, der immer schwächer wird.

Nach Hause.

Der Klang der Worte tröstete mich, doch sie hatten keine rechte Bedeutung und klangen vielmehr wie ein wunderschönes Lied in einer Sprache, die mir fremd war.

Noch vor ein paar Minuten hatte ich mir nichts sehnlicher gewünscht als nach Hause zu kommen.

Vor kurzem noch war ich ein Nervenbündel gewesen.

Doch jetzt war ich in Sicherheit und hatte wieder einen klaren Kopf.

Sie sind alle tot.
Wes. Mary Elizabeth. Carbo.
Mein Ururgroßvater.
Ich habe sie alle umgebracht.
In der Ferne heulte ein Motorboot auf. Das Heulen des Motors wurde rasch zu einem Dröhnen. Ich sah zwei Boote der Hafenpolizei und eines der Küstenwache mit grellen, starken Scheinwerfern auf mich zurasen.
Ich war weder erleichtert noch froh darüber.
Nur wie betäubt.
Gleich ist alles vorbei.
Wie? Wie stirbt eine Welt?
Mit einem lauten Knall wie eine Atombombe? Oder leise und sanft wie ein Tautropfen in der Morgensonne?
Werden sie schreien? Werde ich es hören?
Ich kann mich kaum mehr an das erinnern, was als Nächstes geschah.
Ein Schlepptau. Leute, die in mein Ruderboot stiegen.
Arme.
Worte.
Bewegungen.
Als wir den Pier erreicht hatten, entdeckte ich Mom, Dad und Seth. Ihre Gesichter waren eingefallen und ihre Augen gerötet. Ich ließ mich in ihre Arme sinken.
Wir standen eine ganze Weile da, hielten einander fest und schaukelten hin und her.

Ich versuchte mir unsere letzte Familienumarmung in Erinnerung zu rufen. Ich glaube, ich war damals acht. Ich konnte mich nicht mehr an den Grund erinnern, nur noch an das Gefühl.
Mit dreizehn fühlte es sich noch genauso gut an.
Es brach durch meine Betäubung und öffnete den Damm, den ich innerlich aufgebaut hatte. In einem Schwall von Tränen, den ich nicht zurückhalten konnte, strömten Glückseligkeit und Qual, Schuld und Angst und der ganze Schrecken des Erlebten aus mir heraus.
Auch Seth und Mom weinten.
Mein Vater blieb ruhig. Doch als meine eigenen Tränen langsam versiegten, war er derjenige, der mich am festesten drückte.
»Wir haben gedacht …«, sagte Dad mit brüchiger Stimme.
»Es tut mir so Leid«, erwiderte ich.
Meine Mutter warf einen Blick aufs Ufer. »Das Boot?«
»Später.«
Mom merkte, dass ich noch nicht darüber reden konnte. Sie sah es mir am Gesicht an.
Schließlich ist sie eine Mutter.
Eines Tages werde ich ihr wohl etwas davon erzählen.
Was denn? Dass ich eine Insel voller Zombies zerstört habe? Ach ja, und rate mal, wer mir das Boot gegeben hat, das errätst du nie …

Selbst wenn ich es ihr erzählen würde, würde sie es wahrscheinlich für einen Traum halten.
Nur zwei Menschen würden mir glauben. Nur zwei würden es verstehen.
Und keiner von beiden war da.
»Dad, wo ist Opa Childers?«, fragte ich, als wir in den Jachtclub zurückgingen. »Und Colin, der Aushilfskellner?«
Mein Vater bekam keine Gelegenheit mehr, mir zu antworten. Alle, die sich bisher respektvoll zurückgehalten hatten, stürzten jetzt auf mich zu – Onkel Harry, Mr Havershaw, alle, die ich aus Nesconset kannte. Ich wurde von den Leuten, die mich zu Hause willkommen hießen, fast erdrückt. Ein Fotograf der Lokalzeitung, dem *Nesconset Tagesspiegel,* machte Fotos. Und Lawrence, der Chef des Jachtclubs, fragte mich immer wieder, worauf ich Appetit hätte.
Schließlich kam unser Hausarzt angefahren. Dr. Evans verscheuchte alle anderen und führte mich in eine stille, hell erleuchtete Ecke des Clubs.
Dort stellte er mir eine Menge Fragen. Ich weiß nicht mehr, was ich geantwortet habe, doch anscheinend verstand er nicht viel, denn er kratzte sich immer wieder am Kopf und murmelte »Mhm, aha …«, so wie man mit einem Kleinkind redet.
Alle waren jetzt auf den Pier gerannt. Ich konnte sie durch das Erkerfenster sehen. Sie hatten mir den Rücken zugekehrt und beobachteten ein

Boot der Hafenpolizei, das ans Ufer herantuckerte.

Mittlerweile war die Sonne aufgegangen. Die Bucht erstreckte sich strahlend blau und klar bis an den Horizont.

Keine Wolken.

Keine Insel.

Verschwunden.

Für immer.

Ich suchte mit den Augen die Menge ab, um Opa Childers zu finden, und –

Colin.

Da drüben stand er. In seiner Badehose und klatschnass.

Am liebsten hätte ich ihn erwürgt.

Ich versuchte aufzuspringen, doch Dr. Evans zog mich sanft wieder herunter. Er sagte, dass ich einen Schock oder so was erlitten hätte und ruhig im Sessel sitzen bleiben sollte, bis meine Eltern mich nach Hause fahren würden. Dann sollte ich für den Rest des Tages im Bett bleiben.

Klar doch.

Als jemand Dr. Evans auf den Pier rief, stand ich auf. Colin näherte sich dem Clubhaus und kam auf mich zu.

Jetzt waren wir die beiden Einzigen im Raum.

Ich entdeckte meinen durchnässten Leinensack, der neben der Tür lag. Ich rannte hin und warf ihn Colin zu. »Das gehört dir!«

Der weiße Hase fiel zu Boden. Colin riss die Augen auf. »Fluffy? Wie –?«

»WIE KONNTEST DU MIR DAS ANTUN?«, schrie ich ihn an. »WIE KONNTEST DU MICH DA REINREISSEN? WARUM BIST DU HERGEKOMMEN?«

»Es tut mir Leid. Ich bin nicht *deinetwegen* gekommen. Eigentlich wollte ich jemand anderen mitnehmen.«

»Wen?«

»Deinen Großvater!«

»Opa Childers? Den wolltest du opfern? Warum um alles auf der Welt –?«

»Wir waren seine besten Freunde! *Sein* Großvater war auf dem Boot gewesen. Ich dachte, er würde sie gern wieder sehen. Und in seinem Alter – wo ihm so wenig Zeit bleibt –, warum sollte er da *nicht* nach Onieron gehen wollen?«

»Das ist Wahnsinn!«

Colin seufzte. »Ja, ungefähr das hat er auch gesagt. Er hat mir gesagt, dass er zwar seine Freunde vermisst, aber dass es schon so lange her ist. Dass er damit seinen Frieden geschlossen hätte. Er sagte, wenn er nur noch eine einzige Minute zu leben hätte, dann würde er sie lieber hier verbringen.«

Deswegen war er so durcheinander.

Er war gerade einem Freund aus der Vergangenheit begegnet. Einem Freund, der sich kein bisschen verändert hatte.

Es musste verlockend für ihn gewesen sein.

Doch er hatte das Angebot abgelehnt.

Wegen seiner Familie.

Meinetwegen.

»›Denn es ist besser, inmitten der Menschen zu sterben, die man liebt, als sie alle zu überleben‹«, murmelte ich. »Das hat er zu mir gesagt.«

Colin nickte. »Also saß ich in der Falle. Doch als ich dich dann kennen lernte, hielt ich dich für geeignet, um auf Onieron zu leben. Du hattest dein Leben hier satt. Ich dachte, wenn ich dich hier raushole, würdest du nie wieder zurückkommen wollen –«

»WIE KANNST DU SO WAS DENKEN?«

»Ich war sechzig Jahre lang dort. Ich denke halt wie ein Bewohner von Onieron.«

»Wes, Mary Elizabeth, Carbo – sie alle hätten zurückkommen können. Warum sind sie dageblieben?«

»Zuerst haben ein paar es versucht. Doch die Alten beobachteten sie mit Adleraugen. Sie erzählten ihnen von dem Gesetz, das auf Onieron herrscht. Und mit der Zeit haben wir uns einer nach dem anderen ... einfach daran gewöhnt. An die Routine. Die Freiheit.«

»Aber *du* hast beschlossen zu gehen. Warum?«

»Als ich wusste, dass die Wolkenwand zurückkehren würde, kamen meine alten Gefühle wieder hoch. Ich sah mir meine Freunde an. Und was aus unserem Leben geworden war – keine Sorgen, keine Probleme, jeder Tag vollkommen. Ich stellte mir vor für immer dort bleiben zu müssen. Und da wollte ich

… sterben.« Colin lächelte traurig. »Aber mir war klar, dass ich das nicht konnte.«

»Du hast mich also angelogen, um mich dorthin zu locken. Und sie logen mich an, um mich zu behalten.«

»Notlügen«, erwiderte Colin.

»Wie hast du mein Verschwinden meinen Eltern erklärt? War das auch eine Notlüge? Hast du ihnen erzählt, ich sei von selber hinausgeschwommen – und dass *du* versucht hättest mich zurückzuholen, aber dass ich einfach weitergeschwommen sei?«

Colin schwieg.

Notlügen.

Um das zu erreichen, was er wollte.

Damit ich die Drecksarbeit leisten sollte.

Und jetzt ist die Insel verschwunden.

Und ich bin schuld an der Zerstörung.

Ich stürzte mich mit geballten Fäusten auf ihn. »Bist du nun zufrieden? Du hättest selber zurückgehen können, Colin. ES WAREN DEINE FREUNDE – OPA CHILDERS' FREUNDE. UND DU HAST SIE UMGEBRACHT!«

Er hielt meine Arme fest. »Rachel, sie sind nicht tot!«

Was?

Ich wich zurück. »Ach so … das war also auch eine Lüge.«

»Nein«, sagte Colin leise.

»Colin, du bist hier. Ich bin hier. Niemand anders hätte –«

Der Rest des Satzes blieb mir im Hals stecken.

Und dann wusste ich Bescheid. Ich wusste es sofort.

Colin nickte langsam.

»Aber … warum?«

»Um dich zu befreien«, antwortete er. »Und um die anderen zu retten.«

»Ein Opfer.«

»Einer geht, einer kommt. Das ist auf Onieron nun mal das Gesetz.«

Ich rannte hinaus auf den Pier. Dort ließ ich meine Augen suchend über den Horizont wandern. Vielleicht war noch ein Wolkenfleck übrig: eine Chance, dass der Kanal noch offen war, eine Möglichkeit, wenigstens richtig Lebewohl zu sagen.

Kein einziger Nebelschwaden war zu sehen.

Und dann hörte ich, wie mein Vater zur Hafenpolizei sagte: »Heute ist er fünfundsiebzig geworden …«

WATCHERS
Aktenzeichen: 7003

Name: Rachel Childers

Alter: 13

Erste Kontaktaufnahme: 58.65.07

Aufnahme: ABGELEHNT

WATCHERS

Aktenzeichen: 7004

Name: Clemson Childers

Alter: 75

Erste Kontaktaufnahme: 58.65.07

Aufnahme: JA

Visionen?

Peter Lerangis
Spurlos verschwunden

Deutsche Erstausgabe
144 S. Taschenbuch
ISBN 3-551-35185-6

Peter Lerangis
Rewind -
Adams letzte Chance
Deutsche Erstausgabe
161 S. Taschenbuch
ISBN 3-551-35186-4

Für David und Adam ist nichts mehr so wie es mal war. Davids Vater ist spurlos verschwunden. Doch er ist fest davon überzeugt, ihn in einem stillgelegten U-Bahnhof gesehen zu haben. War das nur eine Vision? Adam dagegen scheint den Tod seines besten Freundes verursacht zu haben. Kurz bevor sich der Jahrestag des Unglücks nähert, findet er eine Kamera und stellt Erstaunliches fest ...

CARLSEN

www.carlsen.de